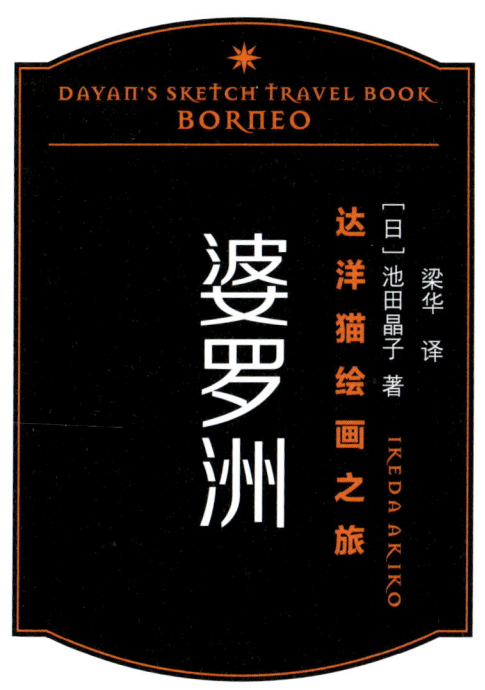

DAYAN'S SKETCH TRAVEL BOOK
BORNEO

# 婆罗洲

## 达洋猫绘画之旅

[日] 池田晶子 著　IKEDA AKIKO

梁华 译

华夏出版社
HUAXIA PUBLISHING HOUSE

# contents

婆罗洲，是什么地方？ 6
为何选择婆罗洲？ 8
达洋的旅行准备（婆罗洲篇） 10
写生画具 11
婆罗洲地图 12

## I 欢迎来到婆罗洲

* 婆罗洲的门户——亚庇 2
* 亚庇的热闹集市 7
* 海边的市场街 9
* 亚庇的乐趣所在 13
* 去加雅岛度假 18
　尽情浮潜 23
　美食同源的 SPA 聚集地 28
　野外行走 30

| | |
|---|---|
| ✳ 乘坐北婆罗洲铁路列车 | 33 |
| ✳ 品尝当地传统菜 | 38 |
| ✳ 洛卡威野生动物园 | 42 |

## 2 🌿 终于要前往热带雨林了！丹侬谷

| | |
|---|---|
| ✳ 丹侬谷的热带雨林 | 48 |
| ✳ 豪华舒适的丛林度假区 | 50 |
| ✳ 请听森林之声 | 52 |
| ✳ 快乐的树冠漫步 | 57 |
| ✳ 令人惊讶的树木 | 60 |
| ✳ 猩猩大马戏 | 64 |
| ✳ 丛林中的动物们 | 68 |
| ✳ 西比洛人猿保护中心 | 70 |

**纸上对谈** **我爱婆罗洲** 72
　　　　　池田晶子 × 工藤纪子

## 3 🌿 母亲河——京那巴丹岸河

| | |
|---|---|
| ✳ 吊床宿营 | 82 |
| ✳ 乘船顺京那巴丹岸河而下 | 84 |
| ✳ 快乐的游船之旅 | 86 |
| ✳ 拜访达洋森林 | 90 |
| ✳ 苏高的河之民 | 92 |

## 4 🌿 野生动物的宝库——塔宾

| | |
|---|---|
| ✳ 分隔森林的红色道路 | 96 |
| ✳ 林中夜驾 | 100 |
| ✳ 大雨中的泥火山 | 102 |
| ✳ 核心区 | 104 |

## 5 婆罗洲纵贯之旅

- ✳ 婆罗洲纵贯之旅　　　　　　　　110
- ✳ 路边摊的榴莲　　　　　　　　　114
- ✳ 文莱灯火辉煌　　　　　　　　　116
- ✳ 美味之旅　　　　　　　　　　　118
- ✳ 狗、猫和奇特的商品　　　　　　120
- ✳ 意外摔倒！　　　　　　　　　　122
- ✳ 印度尼西亚与赤道小镇　　　　　124

后记　　　　　　　　　　　　　　　126

# 婆罗洲，是什么地方？

## ✸ 世界第三大岛

你也许听说过婆罗洲这个名字，但你知道吗，婆罗洲不是一个国家，而是个横跨马来西亚、文莱、印度尼西亚三国的岛屿。

## ✸ 距离日本最近的热带雨林

这一点，可能也让很多人惊呼吧？

从东京前往婆罗洲的门户城市——马来西亚沙巴州的亚庇（哥打京那巴鲁），乘直飞航班大约只需5个多小时即可到达。

从那里前往热带雨林还有一些距离，但那里被东南亚名山京那巴鲁山、美丽的大海和大自然所环抱，堪称治愈天堂。

## ✸ 多种多样的野生动物在此栖息生活

婆罗洲是在全世界范围内生物多样性相当丰富的岛屿。

如果运气足够好，在这里能见到马来语称为"森林人"的婆罗洲猩猩、婆罗洲象、长鼻猴等很多婆罗洲特有的动物。

## ✶ 多种多样的美食

在多民族居住的婆罗洲,除了原住民的地方风味美食和马来料理之外,在这里还保证能吃到中国、印度尼西亚、泰国、越南等国的各种美食。有很像烤鸡肉串的沙嗲(satay),很像炒荞麦面的印尼营多捞面(lndo mie),近似于炒饭的印尼炒饭(Nasi goreng),还能品尝到一种类似日本关东煮的令人怀念的食物。至于各种热带水果,更是美味可口。

## ✶ 舒适的度假地

虽然婆罗洲拥有丰富的原始生态,但它的度假区非常舒适。位于热带雨林深处的丹侬谷热带雨林木屋旅馆,只要去过一次,就会上瘾。

婆罗洲也在大力推动环保旅行,能够住在风景绝佳的雨林木屋旅馆里接触到大自然,这也是婆罗洲的魅力之一。如果想住在周边小岛上的度假区,从门户城市亚庇出发只需15分钟就可到达。

## 为何选择婆罗洲?

马来西亚砂拉越州的首府是古晋。古晋,意思就是"猫",每年8月还有猫节。因为它和猫有关,所以,我就发起了一个企划案,叫作"跟达洋一起去古晋过猫节"。

但是这个活动一直没有招够人,正在我失望的时候,丈夫递给我这张宣传单,说"这里有个旅行线路,看着挺有意思的"。

于是我参加了这个很艰苦的旅行,没想到在进入印度尼西亚之前,我意外摔伤了!因此认识了闻讯赶来的旅行主办方季思科婆罗洲公司的社长。

婆罗洲,拥有亚洲最大的热带雨林。

然而我在旅行中看到的却一直是绵延不绝的棕榈树种植园。

那次我最终都没能看到热带雨林。可是季思科公司的社长对我说:"热带雨林很棒!您一定要去看看!"这句话,一直留在我的心里。

在季思科的帮助下,也兼为绘本杂志《MOE》进行取材,我再次前往婆罗洲。

上次旅行时的情景我一直难以忘怀,我决心要保护婆罗洲丰富的森林资源。

以上次的摔伤为契机,我与婆罗洲结下了深深的不解之缘。

# 达洋的旅行准备（婆罗洲篇）

除了通常的行前准备，我介绍一下去婆罗洲旅行需要做的特别准备。

热带地区会突然降雨，请不要觉得意外，要做好足够的防雨准备。此外，防虫、防晒也都是必须的。打算去丛林徒步的人，还要做好脚部的防护工作。

## 帽子
日照非常强烈，不要忘记带防晒霜。

## 太阳镜
理由同上。紫外线对眼睛不好，这个大家都知道吧。

## 速干T恤衫
婆罗洲被称为"风下之地"，虽地处热带但很凉爽。不过，备一件速干T恤衫还是很方便的。干得快，穿着舒服。

## 雨披
推荐斗篷式雨衣，能把背包、画具都罩住。还可准备防水塑料拉链袋，用于装各种怕打湿的东西，很方便。

## 长靴
日本野生鸟类协会的雨鞋很棒。鞋口能密闭，因此在丛林中步行时，能代替必要的防蚂蟥长袜使用，而且材质柔软，可以叠起来放进专用的袋子里。

## 手电筒
夜里很黑。在木屋旅馆开房间门时或意外遭遇野生动物时，手电筒能帮大忙。

## 变压器
这不是只限于婆罗洲使用的，但很容易忘记。现在各种需要充电的东西太多了，好像很方便，其实却是个不便的世界。

## 驱蚊防虫用品
我会把手表型的驱蚊剂一直戴在手腕上，历次去婆罗洲时都发挥了巨大作用。不过比较麻烦的是，一旦过了季就很难买到。当然，驱虫剂和蚊虫叮咬后使用的软膏，也是必不可少的。

## 双筒望远镜
去丛林的人如果带上它，乐趣倍增。用它观看高大树木上的野生动物和鸟类，仿佛伸手可及。

# 写生画具

最重要的是要方便携带且利于收纳。每次去旅行我都有不同的偏好,所以每次带的画具都不太一样,不过,以下这些都是要预先配置的。

### 速写本
maruman A4 尺寸的本子既便宜又容易买到,还可装在随身包里携带。对速写本,我也曾有过一味求"酷"的阶段,但如果本子太贵,我画画时就会犹豫,这就是本末倒置了。

### 铅笔
HB 或 B 就可以。浓黑的铅笔画出来有力度,但容易把纸弄脏,这一点比较难把握。

### 可塑橡皮
比普通橡皮屑少,细致部位也可擦净。

### 签字笔
在将场景画得简单易懂又很搞笑时,用这个又简单又快乐。我用的是日本三菱的 uni 签字笔。在各种签字笔中,它的优点是笔尖强度可以调整,又防水,用其勾线后,可用水彩和马克笔等上色。

### 水彩颜料
虽然很小,但混合使用就能生成无数种颜色。

我用的是很小型的樱花 Nouvel 18 色套装塑料盒,还会添加一些常用色和喜欢的颜色来使用,如白色、黑色、深褐色、橄榄绿色等。

### 水笔
这种笔自身谈不上有多优秀,但不用随身带水,这一点实在是好。笔尖会流出各种颜色,见到的人会很吃惊,这一点也不错。

一支笔大约 300 日元,很便宜。只要带支粗的再带支细的就可以了。如果笔尖开裂,就换新的。

### 彩色铅笔
这种画具笔尖力度可以调整,非常好用。但必须要带很多支,让人有些为难。我会选一些带上。只有深褐色是必须要带的!

### 固色剂
用于固定铅笔或彩色铅笔的颜色。由于是喷雾型的,要带上飞机的时候请注意。

## 婆罗洲地图

婆罗洲是被美丽大海所环绕的魅力之岛。

婆罗洲岛的面积是日本的1.9倍。岛上有马来西亚、印度尼西亚、文莱三个国家的领土，婆罗洲岛是世界上拥有国家最多的岛。

本书前四章主要介绍马来西亚沙巴州之旅。沙巴州是婆罗洲的招牌，这里有京那巴鲁山、京那巴丹岸河，还有能见到许多动物的热带雨林，堪称大自然的宝库。

BORNEO
MAP

BOOKDESIGN
ALBIREO

DAYAN'S SKETCH TRAVEL BOOK
BORNEO

I

欢迎来到
婆罗洲

# I 欢迎来到婆罗洲

## ✹ 婆罗洲的门户——亚庇

日本与婆罗洲之间每周周一、周四、周六有三趟直飞航班。从成田起飞去往亚庇要 6 个小时，回程则差不多接近 5 小时 40 分钟。

我去过婆罗洲很多次，每次都是先飞到亚庇机场。成为枢纽机场之后，马来西亚国内航班也在这里换乘。五年前，日本还没有直飞此地的航班，必须从吉隆坡转机。

我第一次到达热带雨林的时候是一个清晨，沙巴州的象征——京那巴鲁山以其雄伟的姿态迎接我。

京那巴鲁山海拔超过 4000 米，比富士山还高，是东南亚最高峰。日出之后，山峰会隐藏在云层里不见踪影，非常神秘。

同样是晚霞,这是从加雅岛看到的火烧云

　　白天的飞行,我吃了堆积如山的沙嗲,喝了葡萄酒,晕晕乎乎地打盹儿。每次乘飞机,看到云层在自己的下方铺展,就会很感动。那一团团软绵绵的清一色的白色的虚无缥缈的世界,连绵至天边,无所不在,感觉它的尽头,会是一个"听说幸福住在山的那一边"的地方。(「山の彼方の空遠く、幸い住と人のいふ」,原文来自于上田敏译自德国诗人卡尔的诗《山的彼方》。——编者注)

欢迎来到婆罗洲

那些关上飞机舷窗遮光板的人，真是让人不敢相信。明明能看到那样富于起伏变化，且又与陆地不同的时时刻刻都在移动的景色。

哇，是晚霞。上面还是蔚蓝的天空，但云层却全被染成了粉红色。我太喜欢这到达目的地之前的天空之旅了。

漆黑的夜幕之中，飞机开始下降，一片黑暗的窗外忽然浮现一片亮光，像打翻了珠宝箱，那是亚庇的城市灯火。

抵达机场后，我看到穿着伊斯兰民族服装的美丽女性们。位于婆罗洲北部的沙巴州，生活着32个民族。这里伊斯兰教徒众多，机场里也有标示着祈祷标志的祈祷室，不过，能感觉到这里信仰自由度高，氛围很宽松。

从机场到酒店乘出租车15分钟，不到晚上9点，我就抵达了位于海边的度假酒店"太平洋丝绸（舒特拉）酒店"。简直不敢相信自己是今天下午3点从日本出发的，好近啊。亚庇机场太棒了！

在亚庇机场看到伊斯兰的美女们

我的房间在 11 层，非常舒适，还有一个能眺望到大海的阳台。黑夜中的大海一片黑暗，但能看到丝绸港的点点灯光闪烁，倍有"人在旅途"之感。

次日一早，我走到阳台观望，听到不绝于耳的各种鸟儿的啾鸣声，看到连绵不断的海浪起伏。南国的大海和天空都如此平静美丽。

向下方俯瞰，码头上泊着好多游艇。海滩描画出一道美丽的弧线，还能看到碧蓝的游泳池。

晚上可以去海滩游夜泳……今天是星期天，我要去周日集市！

亚庇是婆罗洲的门户城市，到现在为止我已经来过很多次，但一直都没有好好地逛过它的街道。到哪个国家，我都对城市没什么兴趣，而亚庇也是个不折不扣的城市。

不过，做这本书的时候，编辑和我说"好多人都不了解婆罗洲。热带丛林当然很棒，但要向读者传达更多关于婆罗洲的魅力，最好是能再多些愉快、轻松的内容，让大家看到能够悠闲疗愈日常疲惫的内容"。好吧，既然如此，那这次我要好好体验一下亚庇的热闹，好好享受离这里不远的度假胜地！

欢迎来到婆罗洲

## ✳ 亚庇的热闹集市

我先从酒店乘巴士,来了一次城市巡游。沿途看到马来西亚常见的低层购物商城,还有几家大型百货店。

星期日,加雅街会开周日集市,在巴士中,游客们欢叫着"周日集市,耶!",我问他们"从哪里来?",得到的回答是马来西亚一个我不知道的城市名。

所谓集市，就是在一条长 300 米的街道两侧摆上摊位，一大早就热闹非凡。商品以闪闪发光的首饰和日常生活用品为主，还有各种工具和不明所以的铜锣、面具，真是琳琅满目，应有尽有。过了一会儿，街上人越来越多，多到拥挤不堪，全都在说"不要推不要推"，混乱之中，连画画都感觉很抱歉。

## ✷ 海边的市场街

亚庇的街区紧凑而有规划,其中我最喜欢的市场集中在沿海区域。

常设的中央市场是一个巨大的室内市场,主要卖蔬菜、水果、干货等,里面还有鱼肉市场。感觉这里并不是面向游客开的,更多的是本地人前来购买。

市场的开门时间说是从早晨 6 点到下午 5 点,但我下午 4 点左右去的时候,三分之一的摊位都已经关门了。

Central Market
Pasar besar
KK

无缝拼接的每个小小摊位上，横七竖八地堆满各种商品，卖东西的人根本没有落脚的地方，不得不站在摊外，所卖的商品种类似乎也没什么条理。

市场的中央区域光线太暗了，我站在通往市场外面的过道上，开始画一家卖蔬菜和调料的店。

辣椒、黄瓜、西红柿、姜花、洋葱、大蒜、生姜，此外还有米粉、鸡汤汤料、梅干等果干，种类非常齐全。

店里一位年轻姑娘非常乐于助人，给我拿了一把椅子出来。店主是一位伊斯兰女性，她看起来似乎不乐意我画她。"那个是我妈妈，你完全不用介意她。"虽然女儿这样说，但好像伊斯兰女性既不愿意被拍照也不愿意被画。

中央市场和手工艺品市场之间，路边每棵树下面都坐着一位伊斯兰大妈，守着一个40厘米见方的小摊位，在卖化妆品。

这里全都是卖芒果的人。

还有个建筑里都是卖鱼干的

这样的摊位既隐蔽又可爱,我问她们"可以画吗?",她们连连摆手拒绝,那感觉好像在说:"绝对不可以!"

后来我听说,她们的小摊是非法的,之所以摆这么小,是为了看到警察过来时,能立刻逃掉。

与女人们的不配合相反,男人们都很开朗。我在画手工艺品市场门前的一排男裁缝时,他们蜂拥围拢过来,笑眯眯的。刚才在夜市大食堂那里也是,看起来很闲的男人们看着我画画,和我搭讪聊天,所以我倒是不觉得无聊。我们互相递烟,很是愉快。他们对我说"明天再来哦",我想着,要不要再来呢。

Pasar Kraftangan

餐饮夜市背后的夕阳很美。
不逊于夕阳的美少女,一边无聊地洗着餐具,一边呆呆地望着大海。

## ☀ 亚庇的乐趣所在

亚庇是个多民族聚居的城市，人们的肤色多种多样，美食也有多种选择。在我的推荐下去过亚庇的人回来后甚至说："那里的东西真的很好吃！女儿们说，就算是为了吃，也想再去一次。"

我们去吃的是海鲜大排档一条街（Seri Selera）。在像带屋顶的啤酒花园一样的美食广场上，海鲜餐馆一间连着一间，水缸里游动的鱼虾贝类，可以按客人喜好的方式现场烹调。味道浓烈又辛辣，人越多吃得越开心。

用餐区面朝大海，站着吃的摊位和坐下来用餐的桌椅连成一大片。这次我是独自一人，专门点了面食和印尼炒饭这种保管好吃的美食。印尼炒饭无论何时何地吃，都是这么好吃，味道恰到好处。

在向导的推荐下，我在加雅街的怡丰吃到的叻沙，好吃得令人惊讶！

叻沙与印尼炒饭一样，都是马来西亚的招牌美食之一。

咖喱叻沙，就是加入了咖喱粉、辣椒等辣味调料之后，用椰奶做成的汤面。汤的味道浓郁，大概是椰奶的作用吧。

如果喜欢吃辣，可以再加些参巴虾酱和辣椒。"啊，好想喝啤酒！"我迫切地想喝，可惜这里没有酒，真是美中不足。当然，芒果汁也很好喝。

既然不能喝啤酒，那就去吃甜品吧！我来到向导推荐的ZEN，点了超大份红豆冰山。糖水里漂浮着软糯光滑无味的圆子，并不那么浓郁。其实就是木薯淀粉刨冰与红糖凉粉的混合物。嗯，我觉得，好像还是啤酒好一些吧。

如果要买旅游纪念品，沙巴州旅游局直营的"卡达伊库（kadaiku）"店很不错哟！我的这次婆罗洲旅行得到了他们的关照，所以在这里要提一句。

欢迎来到婆罗洲

  为什么推荐这家店呢,因为在这里出售的绝对是婆罗洲本地的产品。婆罗洲是国际性的岛屿,因此市场上卖的东西都不知道是哪里产的。

  当然,如果觉得东西可爱,很喜欢,哪里产的都没关系。不过,这家店里有对本地特产和传统工艺品的介绍。

  这里的婆罗洲猩猩毛绒玩具是卡达伊库原创产品,销售利润的一部分将捐赠给西比洛人猿保护中心。

  好像西比洛保护区内曾经有日本医生待过一段时间,结下了缘份,这个毛绒猩猩的名字不知为什么竟然叫作"真理子"。其他的猩猩也都是日本名字,令人亲近感油然而生。

卡达伊库的人介绍我去嘉里嘉里 SPA 美容院（Jari Jari SPA）。嘉里嘉里 SPA 美容院位于亚庇曙光购物中心（Suria Sabah）里面。

一进商城我就出汗了。这到底是什么地方啊，有太多熟悉的服装品牌了。穆斯林的女孩子们也都一心赶时髦，穿着米奇 T 恤衫、罩着头巾（伊斯兰教徒女性的包头巾）的样子，非常可爱。

美容院里，今天我做的按摩是身体＋面部的豪华套餐，是一种名叫"杜顺·伊南"的传统婆罗洲按摩疗法。

这个按摩疗法，是亚庇北部的农耕民族"杜顺·鲁托·伊南"族代代相传的技法，以拇指按压身体各部穴位。这种很棒的按摩法能调整人体的能量流动，缓解僵硬、酸疼，缓和肌肉的紧张，使其放松，令人心情非常舒畅。我几乎快要睡着了，脑中浮现出婆罗洲原住民们互相按摩时的情景。

忽然发现，亚洲人真是喜欢按摩啊。只听说过巴厘岛按摩，没听说过巴黎按摩。

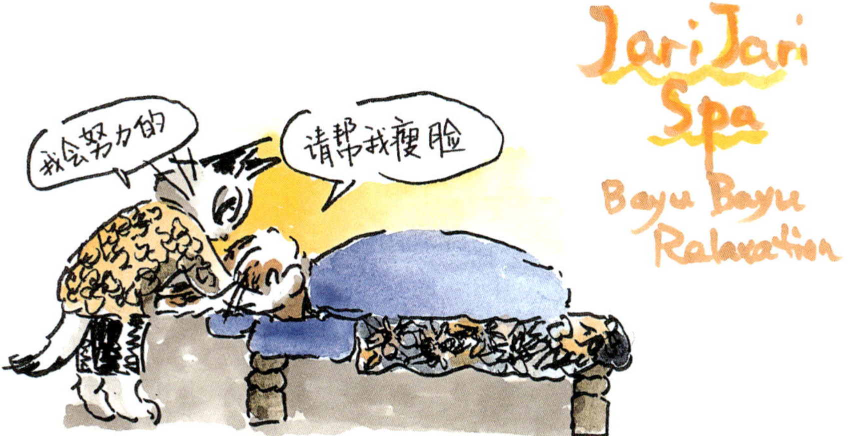

## ✺ 去加雅岛度假

开往加雅岛的快艇从酒店楼下的游艇码头（丝绸港）出发。

码头上有一个通风的大厅，在这里就可以把加雅岛度假区酒店的入住手续都办好。与日本乱糟糟的渡船码头不同，这里还有提供冰冻果露的服务，让人早早就沉浸在兴奋的度假氛围中。

准乘 12 人的快艇，到加雅岛需 15 分钟。我穿好了救生衣，那么，出发！

亚庇海面上遍布着东姑阿都拉曼海洋公园的诸多小岛，加雅岛是其中最大的一个。加雅岛比我想象的要大得多，度假区的占地面积也相当大。

我和为我们做向导的经理一边吃午餐，一边悠闲地聊天。说是经理，其实是个年轻活泼的姑娘，见我画画，她一点也不介意。

宽敞的餐厅正对着蔚蓝的大海，能眺望到对岸的亚庇市区，如果天气晴朗，正前方还能看到京那巴鲁山。

"除了这里以外还有一个很棒的私人海滩。"经理小姐说。

"是吗，那我去那里游泳吧。"

"您时间有点紧张，不一定来得及哦。"

"啊？很远吗？"

她说"走路得一个小时"！

这个度假区刚刚建成不久，各种各样的新设施非常完备。沙滩和泳池之间摆着舒适的躺椅，每个躺椅上都放着浴巾。泳池设有低矮的吧台，可以坐在水中可见的椅子上喝鸡尾酒，还能喝各种装在椰壳里的冰冻果露。

草地的另一边有一排私人休息区,如果游泳游累了,可以直接随意躺倒就睡。还可以一边眺望着大海一边看书,也可以拉上窗帘睡个不省人事。要说更加通风的地方,还有一种很宽阔的房间,虽然有屋顶但四面八方都是开放的。低矮的书桌周围随意放着好多靠垫,向导正在向我们讲解:"这里是读书室。这个房间很适合下雨的时候在这里看书吧?"正说着就下起雨来了。啊啊,今天5点半还有落日游船呢……

没办法,我只好去散步,没想到回来的路上,竟与一头在雨中哼着歌、慢悠悠溜达的须猪不期而遇!我虽然兴奋地在心里大叫,但害怕它一发现我就朝着我过来了,于是悄悄地跟在它后面,走了一段,须猪先生就消失在森林中了。

海边有一排三角屋顶的亚洲风格的木屋。我住的木屋稍有些远,但一想到这样有助于运动,也算挺幸运。

我是一个人住,卧室和卫浴间都很大,东西随便乱放也没关系。浴缸大到能进去五六个人。

但晚餐吃的是西式全餐,一个人就有些寂寞了。第二天晚餐时,我穿上连衣裙,盛装打扮,去了著名的海鲜餐馆"渔人湾"(Fisherman's Cove)。

虽然跟点菜的服务员这样那样说了很多,但还是我一个人吃。虽然很高兴现在对一个人的旅行已经普遍接纳,但不管问

海拉姆面

到谁,都说一个人旅行,吃晚餐是最难熬的时候。

啊,可是这里的晚餐好好吃!

婆罗洲的海鲜浓汤,上桌时盛在瓶、罐这类保存食品用的容器里,汤里放了从池塘里抓的泥鳅。据说这泥鳅本来是用于水质监测的,吃起来味道浓郁,又辣又香,超级好吃!而且这个水质浑浊的池塘,池底居然还有扇贝、贻贝等各种鱼类贝类,外表看来绝对想象不到。

主菜是白肉鱼,上撒飞鱼籽,在口中迸裂开,拯救了鱼肉的单调——其实,一个人旅行,只需在心里像这样记下旅途感受就好。如果觉得必要,当时记在 Iphone 里也成。

晚餐时读书,打开的书得一直用手按着,略微有些不便。但电子书就不会合上,单手就可以优雅地操作。

## 尽情浮潜

这个度假区能安排各种附带向导的活动项目。

我预约了浮潜,非常期待。可是我问"在哪里潜啊?",对方回答说"就在这里哦,你眼前的地方",听到这个答复,"哎?!"我的心里掠过一丝不安。

向导帮我租了浮潜用的护目镜,我问"脚蹼呢?",对方说"不需要","哎!"一阵阵不安和不满蓦地涌上我的心头。

在海中,心扑通扑通就快要跳出来了

"救生衣呢?"我的话音刚落,对方就回答道"不需要",然后说"我们只游45分钟"。这样啊,45分钟,没有脚蹼,虽然也是能浮起来但还是有套救生衣比较好吧?于是我借了一套。

沙滩海岸上有座长长延伸出去的栈桥,栈桥的尽头就是船的停靠处,周围也没有看到礁石。这种地方,真的能看见鱼吗?没有脚蹼又不可能去更远的地方,难道这是儿童活动项目么?要是这样的话就太无聊了。我一边这样想着,一边跟在向导后边,从停船处的台阶下到海里。啊呀呀!太出乎意料了,这里竟然全都是鱼!鱼群从停船处的下方涌上来,卷成了一个漩涡。

有小丑鱼,有成双成对出入于摇曳生姿的珊瑚中的红白条纹鱼和大海胆,还有海贝吸附在岩石一样的珊瑚上,嘴巴一张一合的。还有其他好多我不知名的漂亮的鱼。

哇！我在心里对向导说着抱歉，然后高高兴兴地游了起来。有了救生衣，游起来毫不费力，很称我的心意，但我没办法潜入水里，所以中途就脱掉了。一起参加活动的客人除了我之外，只有一对中国的年轻情侣。有两个向导跟着我们，告诉我们一些罕见的鱼的名字，还帮我们拿着脱掉的救生衣，非常友善。真是相当不错的海。因为就在眼前，下一次不用向导我自己就能下来游了。

第二天，我看到楼梯井处的前台黑板上贴的活动项目有一项是"珊瑚花园浮潜"，"这是要去哪里的？"我问，对方回答"坐船到马努干岛旁边"，哎呀，这太好了！是乘船出海浮潜。我变更了许多原定计划，进行了申请。

快艇一路水花飞溅，景色怡人。

岛上的度假区虽说面积很大，但也只占了加雅岛很小的一部分。仅有的三家酒店都集中在岛的北侧，岛上的其他部分几乎都被丛林覆盖。这景象，从海上看去一目了然。岛的东侧有一个小小的水上部落，木屋与木屋挤在一起，与度假区的景象完全不同。有很多鱼晒在这里，空气中弥漫着鱼干的味道。亚庇也有很多水上部落，但这里的人据说来自菲律宾，非法居住在这里从事渔业，度假区的人似乎不太想和他们接触。

马努干岛的珊瑚区真是名副其实的珊瑚花园，美得无法形容。这里浮潜也是不用脚蹼的。"如果非要穿的话，身高会拉长，脚蹼会碰到珊瑚，伤到它们。一般的人都还好，但人也有很多种对吧。"

的确如此！这是非常好的规定。

不穿脚蹼、不戴手套，也就是绝对不要触摸任何东西。不穿脚蹼的浮潜，手脚都是裸露的，反而感觉很舒服。

我正在前台跟向导们聊天时，忽然听说，开往那个步行需一小时的私人海滩的船，马上就要开船了。"哇，太好了！我要坐。"乘快艇只需5分钟就到。绕到岛上丛林的背面……看到啦，就在那里！

弧形的沙滩上，遮阳伞和沙滩椅一字排开。

还不止如此。树上还挂着几个吊床。里面还有餐厅，在这里能吃午餐，还能做野餐式的便当。听说这里也能浮潜。要是能再多停留些时间就好了。

我坐在沙滩边上画画，工作人员为我拿来了两瓶水，还有一个冰桶，里面放的好像是香槟。太开心了。特意为我送到这么远的地方，非常感谢！这意想不到的热情服务让我不禁微笑起来。

我在加雅岛这几天，一个日本人也没遇到。如此方便前往的度假地，按理说，人气应该更高些才对啊。

## 美食同源的 SPA 聚集地

相当遥远的地方有另一栋建筑,是一个很大的 SPA 聚集地,整栋楼全都是 SPA,好厉害。

这里的 SPA 有些奇怪的地方是,不管做什么项目,都要用到调料。比如做足部按摩的时候,磨砂膏瓶里不仅有盐,还有生姜、红辣椒,更要命的是竟然还放了黑胡椒。用足以做出美味佳肴的材料来做足疗,感觉要遭报应的吧。

然后为了调理肠胃,放在肚子上的袋子里装了温热的大米,这也太奢侈了吧!不过这个不算医食同源,而算是美食同源,大概也不坏吧。

我做的按摩套餐名叫"翻涌的波浪( rolling wave )"。

盐、生姜、红辣椒、黑胡椒
用看着很好吃的磨砂膏来做足疗

负责为我做按摩的是一位名叫 Fellie 的女按摩师。她年轻有力,按摩时使用全身的力量施压,身体就如同大海的波涛一般上下起伏。我在入口处遇见了一位来自英国的瑜伽女教练,她也对这里的 SPA 大加赞赏:"这里的按摩最棒了。"

亚庇的嘉里嘉里 SPA 虽然也很舒服,但在这里听着鸟儿的声音,在一片绿色之中享受着按摩,身心都超放松。按摩结束后喝的生姜茶,渗透到身体中,全身感觉非常舒爽。

从居于高处的 SPA 回来的路上,我遇到了美丽的夕阳。夕阳即将沉入大海之中,好美的景色啊。

最后还要喝姜茶!

## 野外行走

这是蝉的吧？树上挂着好多蝉蜕掉的壳，看上去比蝉更可怕。

向导贾斯汀告诉我们说"这个能吃"，大家都笑了。但是在日本，是会吃蝗虫和虫蛹的。油炸一下也许挺好吃的。

加雅岛除了度假区之外，其他部分几乎都被绿色丛林覆盖。丛林徒步也是岛上度假区的活动项目之一，这次有7个人参加。

徒步线路的入口位于度假区内，往入口走的这段路上，贾斯汀也没闲着，告诉我们生姜花的吃法等等。一只30厘米长的漂亮蜥蜴不紧不慢地出现在我们面前，随后消失在丛林中。

刚进入徒步区，我们就爬了一段很陡的坡。加雅岛的丛林年代久远，龙脑香树较多，树木不像丹侬谷那边的树那样高，但也有四十来米高吧。很多树的根部像短裙一般展开，这就是板状根，这景象比我想象的更有丛林的样子，我很开心。

贾斯汀说的英语虽然有点难懂，但一路上他告诉了我们好多东西，比如让我们看树上附着的巨大蚁穴，指给我们看野生咖啡树，还点燃桂花让我们闻它的香气……丛林徒步，还是有个向导要有意思的多。走着走着，贾斯汀忽然开始呼喊"巴菲~！"，大家纷纷问"怎么了？怎么了？"，他说这附近有一只猫头鹰，是自己的朋友。猫头鹰？好想见见呀！不过现在是白天，又这么多人，它恐怕不会出来吧？果然，猫头鹰朋友到底没有露面。

蜥蜴可真够多的。有"科科科"叫唤的小不点儿蜥蜴，有无论雌雄都一样漂亮的蜥蜴。还有长着一个大领子的蜥蜴……

啊，我正在画"大领子"蜥蜴的时候，它突然轻飘飘地飞走了！！！贾斯汀说"这是飞蜥蜴"，让我大吃一惊！

乍一看它的外表没什么特别，一点也不显眼，但它皱皱巴巴的脖子周围忽然伸出一个领子一样的东西，一下子就飞到旁边的树上去了。这是我平生第一次看到飞蜥蜴飞行。不过事后我查了一下，真正的"飞蜥蜴"，会从前后脚之间伸出看着像羽毛一样的肋骨，能滑翔相当长的距离。但是确实我看到的这一只也飞了呀。

## ✹ 乘坐北婆罗洲铁路列车

从加雅岛回到亚庇后的第二天早晨,沙巴州旅游局的原田先生来接我,带我去坐火车。一到达丹绒亚路车站,我的心就难以抑制地雀跃起来。车站里,一切都是旧时的风格,铁路的怀旧感扑面而来,我已经迫不及待了。

铁路标志好可爱!候车室好可爱!车站工作人员好可爱!工作人员身穿殖民地风格的制服,虽然身材并不矮小,但在这样的车站里,他们看上去就像是奇异的精灵一族。

我跑到月台的尽头去看雄壮地喷吐着烟雾的蒸汽火车。哎?大家岂止是在月台上呀,都跑到下面的铁轨上拍照去了。简直像田园诗一般!既然如此,我也站在火车前速写。蒸汽火车,真好啊。

列车是全程对号入座，只要出示车票，列车员就会把你引领到自己的座位上。一落座，就会送上一杯欢迎饮料。

叮铃铃，发车铃响了。呜——汽笛发出一声长鸣，火车开动了。

列车时速约30公里，缓慢行驶着。无论去哪里，我都特别喜欢乘坐火车。坐在那里就能欣赏到变化的风景，不经意之间就能看到这个国家的面貌。

我乘坐的这趟旅游观光列车，还原了北婆罗洲铁路开业之初的蒸汽机车，使用了沙巴州州营铁路的一部分线路，每周开行两次。在婆罗洲待了20年的原田先生，据说也是第一次乘坐这趟列车。他说，"我相当兴奋。以前也送过客人乘车，还写过相关的文章，但自己乘坐，这还是第一次呢。"

首先提供的是列车早餐，有冰柠檬茶、咖啡，还有看上去很美味的面包。从丹绒亚路到吧巴有五个车站，每到一个车站都要在乘车护照上为我盖一个章。

在乘车护照上会为我盖每个车站的章。从丹绒亚路到吧巴，要停车的车站有三个。

列车在kinarut站临时停车。杂货店里悠然自得的猫咪。

欢迎来到婆罗洲

这里有轮车,这一整座桥旋转。掉头只用了不到5分钟。

丹绒亚路站就在机场边上,列车一驶出站马上就看到机场了。随后,车窗外就是大片大片惬意的绿色风景。啊,有个小学校,孩子们在挥着手。田里种植的是香蕉吗?

列车在中途的京那律(kinanut)站短暂停车。我一下车,就在旁边的杂货店里发现了可爱的袖套。就是日本经常在卖的防晒手套,但骷髅图案很有意思。我买了好几副,一部分自己用,其余打算送人。

车厢里突然一片黑暗,原来是隧道。穿过隧道,就到达了终点吧巴。

火车利用转向架来掉头。当年我在迷宫的绘本中画塔古波波铁路迷宫时,特别想看看这种转向架的实物。

火车慢悠悠的,眼看到时间了也没动静,不愧是婆罗洲本色。只听"咣当"一声,火车终于掉好了头。

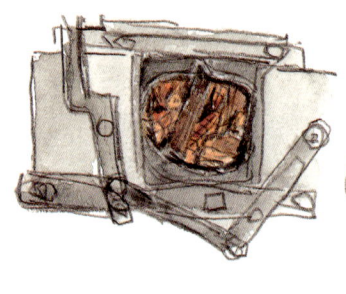

列车再次启动,开始返程。这时,午餐端上来了。圆形的不锈钢餐盒共四层,用金属扣扣住,颇有殖民时代的风情,每一层里都装有不同的美食,丰盛而华丽。

没有鸡肉的比尔亚尼(Biryani)在用香料做好的米饭上放煮鸡肉块,还有炸鱼、沙嗲(马来西亚烤鸡肉串)、酸味沙拉,汤里的蔬菜有西兰花、小玉米、蘑菇和虾。最后是一份水果拼盘。

之前我听说这趟车的票价约合一万日元时颇为惊讶,"怎么这么贵!"但往返4个小时的列车之旅,保证能够得到充分享受。

> 去程有早餐,返程有午餐。午餐非常豪华。上汤蔬菜、炸鱼、没有鸡肉的印度鸡饭、水果

沙丁鱼细节图

## ✳ 品尝当地传统菜

从亚庇朝克罗克山脉方向驱车30分钟左右，就是沙巴州人口最多的民族卡达山杜顺族集中生活的东贡岸地区。

山海之间的东贡岸，自古以来就是海货山货贸易繁荣之地。东贡岸集市每周四开市，当地人前来赶集，一大早就非常热闹。

我们从亚庇开车20分钟，就来到了东贡岸。这里的集市与中央市场迥然不同，很有地方特色。一进入市场，我就看到一家店在卖一种油炸的类似甜甜圈的点心，叫作库伊，马上就开始画起来。

店主人的脸上刻着深深的皱纹，一旁的女性应该是他的妻子吧，她用头巾把头发完全包裹住。这两个人忙完一天回到家里，会聊些什么呢？我一边画，一边想象着他们平时生活中的场景，很有意思。

这时，今天要为我们做当地传统菜的伊布琳出现了，我们一起四处购买各种食材。

这里的鱼干种类很多,有沙丁鱼一样小的竹䇲鱼干,也有大得多的鱼干。我以为活鱼会以热带的鱼居多,但也有竹䇲鱼、金枪鱼这种在日本的鱼店里常见到的鱼,看起来很好吃。这么好玩的市场,我真想再多逛一会儿,不过,伊布琳已经买齐了今天要用的食材,大家就一起回家了。

伊布琳因工作性质接受外国人的家庭寄宿,她家很大,庭院也很宽敞。在我看来,不只是伊布琳,还有聚集在院子中的一大群本地女性,都很像生活在日本乡间的人,让我倍觉亲切。

卡达山杜顺人的气质和外表跟日本人非常接近。今天来的女人们都是伊布琳的朋友,平时帮她打理家庭寄宿,今天好像是来一起为我们做饭的。

借用卫生间时,我顺便参观了一下房子内部。墙上贴着好多照片,照片里有来自各个国家的人,有的在吃烧烤,有的在种树,其中好像也有日本的家庭和学生来住过这里。她们指着照片问我"你认识这个人吗?",哈哈,我要是认识,恐怕她们反倒要惊呆了吧!

  我一会儿画画，一会儿又试尝了一下刚从市场买回来的雪茄烟和口嚼烟，就在我干这些的时候，伊布琳她们竟然已经做好了10个菜，太厉害了！

  这时，不知从何处又来了一些男人，他们好像是专为吃饭而来的。豪华的午餐开始了。

  主菜是用切碎的蔬菜和腌制的带鱼一样的鱼熬制而成的希那瓦（HINAVA），模样有点儿像寿司，特别好吃。其他的几个菜并不都是卡达山杜顺人的传统乡土菜，其中也有新创菜。

  每道菜调料都起了重要作用，非常美味，而且健康食材居多。沙丁鱼干辣炒花生米，是极好的下酒菜。没有啤酒，稍有些遗憾，我们最后喝了米做的酒。

## ✳ 洛卡威野生动物园

对婆罗洲象来说，如今身处的世界，生存很艰难。拥有沃土和 160 种以上植物的沙巴森林，曾经是大象的乐园。

婆罗洲的原始森林不断消失，失去容身之所的不止大象一种动物，但问题在于，它们的体型最大。大象有时会渡河，来回移动。以前，大象迁徙时会避开村镇，但随着种植园越来越多，渐渐地，它们不得不从人类的居住区穿行。路过香蕉田时，大象会不客气地采食香蕉，有时，欲求不满而发情的母象还会性情暴躁，这使得人们害怕大象。于是，人们开始设置陷阱捕捉或杀戮大象。虽然从人类的立场看，这是没有办法的事情，但这森林是大象们祖祖辈辈繁衍生息的地方，曾经是属于它们的领地，现在却在逐渐消失中，对大象来说太不讲道理了吧。

我在丛林中没有见到大象，心里很挂念，于是决定前往洛卡威野生动物园看看。

　　这个动物园里的大象一共有17头。

　　一进园就看到两头小象，玛拉和乔，今年都是一岁。它们是在森林中迷了路，被救助到这里的。婆罗洲象的体型本来就小，这两头更小，特别可爱，而且它们感情特别要好。乔很淘气，喜欢恶作剧，不仅会招惹玛拉，有时还会招惹其他成年大象。我一直看着它搞出各种小动作，非常好笑。

　　因为是小象，个头也就那么大，但它却会笨拙地往长着象牙的成年象身上压然后一转眼又会倒在地上打滚，连脚掌都露出来给我们看。

　　洛卡威野生动物园周围都是茂密起伏的森林，感觉很像日本的多摩动物园，园区占地面积相当大，也很热，真的热……剧场里有婆罗洲猩猩和鹦鹉的表演，我几乎是瘫倒在剧场的椅子上。

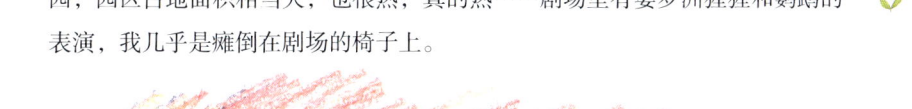

世界上体型最小的熊是马来熊。它们住在森林中，用长长的爪子和舌头吃树木中的昆虫，待在树上的时间特别长。

　　我们刚落座，婆罗洲猩猩就表演结束退场了，接下来表演的是会识数的鹦鹉，孩子们都超级兴奋。今天并非周末或节假日，但孩子依然很多，我从另一种角度对他们表示佩服，真是个年轻的国家啊！

　　天气太热，动物们都不怎么动，待在树荫下懒懒的。人也一样懒得动。我不再到处走动，开始画我看到的动物。我画到了婆罗洲长臂猿，算是意外收获，因为这种动物一向只在非常高的地方活动，很少能够有机会近距离观察到它。

　　据说这个动物园对所有居住在这个区域的动物都尽可能地训练它们回归野生环境。而且明年或后年，还要在京那巴丹岸河边建一个大型的大象保护中心。这真是件好事。大象们会开心吧？这样说可能有些微妙，但希望大象可以体谅人们想要为以前做过的事进行补偿的心情，就原谅他们吧。

只闻其声、不见其影的长臂猿

美丽不逊于其他动物却并未被珍视的古晋（猫）。不肯坐下，一直自由自在地走来走去。

不那么轻易能见到的云豹。天太热了，看起来懒洋洋的。

BOOKDESIGN
ALBIREO

DAYAN'S SKETCH TRAVEL BOOK
BORNEO

# 2

终于要
前往热带雨林了!
丹侬谷

## 2 终于要前往热带雨林了！丹侬谷

### ✹ 丹侬谷的热带雨林

从亚庇到拿笃我们坐马来西亚的国内航线，然后在拿笃换乘汽车，再到丹侬谷还有大约 80 公里。过了希拉姆路口之后，我们进入到一段未经铺装的路面，车子剧烈颠簸，我差点咬到自己的舌头。

我们在这样的路上哐当哐当晃荡了 3 个小时。对面不断驶过满载巨大原木的卡车，扬起大量尘土。一路不知看到了多少辆，一想到"森林正在一点点被运走"，我就心痛不已。

"哇！"路边出现了高大的白色树木。"停一下，请停下来！"我拜托司机停车，然后下车观看。这是大甘巴豆树（mengayis）。即使在高大树木林立的森林之中，这种树也显得尤为高大，凛然矗立。

上次跟团之时，一片采伐之后的荒凉景象中，直直挺立在那里的大甘巴豆树让我印象相当深刻。有人告诉我"本地人认为大甘巴豆树里藏着精灵，所以不砍这种树"，我当时就想把它的形象添加到我的绘本里去。这时，我看到大甘巴豆树的上方好像挂着什么东西。

"那是什么？""那是大蜜蜂的蜂巢。"《MOE》杂志一起来取材的摄影师横塚先生说着，拉近相机的镜头让我看树顶。太厉害了！有好多蜜蜂。"百花齐放的季节到来时，蜜蜂就会筑巢的。"原始森林百花齐放！这意境太好了。

车沿着盘山路盘旋下坡，我们渐渐被森林深处所环绕。

打开车窗，满耳都是热闹的啼鸣声。

终于到啦！世界上最古老的热带雨林——婆罗洲热带丛林！

而且，我们入住的热带雨林木屋旅馆，简直太棒啦！旅馆的前厅面积很大，是一个非常通风的开放空间，中央部分是楼梯井，四处摆放着时尚靠垫和沙发。从那里沿走廊可走到各个木屋，木屋还散发着树木的清香！

太好了！房间的阳台上甚至还有露天浴缸呢。

马来犀鸟
在树冠上漫步

## ✳ 豪华舒适的丛林度假区

　　丹侬谷保护区有哺乳类动物 120 余种，还有 300 种以上的鸟类。其实丹侬谷的森林本来也在采伐范围内的，但以英国皇家学会为主的组织主张予以保留。最终这里的原始森林被原封不动地保留下来。不愧是大不列颠，谢谢！

　　建在这样的原始森林深处的热带雨林木屋，竟然也很舒适——哦不对，应该说正因为建在这里，才格外舒适，想要给它定个三星级。

　　在山中徒步游览出了一身汗，我在林风拂过的奢华前厅里，倚在靠垫上，

边喝着啤酒边犯困……满世界都是森林的声音……露台的前方就是波光粼粼的丹依河,河的那一边,高大丛林的树梢在摇摆着。

露天餐厅里,早中晚都提供自助餐,能品尝到各种各样的菜式。究竟吃哪个好呢?我每次都很兴奋。煎鸡蛋卷和意大利面的配菜,可以选取自己喜欢的食材让厨师现场烹制。

甜点的种类也很多,不过最棒的还是水果。南国的水果有很多是我在日本从未见过的。水果都已经被切成了适合食用的大小,已看不出水果原本的样子,于是我拜托餐厅的服务员拿来了完整的水果,把它们画了下来。

摇摇晃晃

吧唧吧唧

清晨森林中的长臂猿

## ✹ 请听森林之声

呼哇呼－哇、喂啾－咿啾－咿、唔－哟、啼啼啼咿唔、喊－哔……

长臂猿的歌声、犀鸟的鸣叫声……各种声音渐次传开,变成了大合唱。

这是森林的赞歌。热带雨林迎来了黎明。

我们早上5点就起床了,向着康芬克里夫观景点进发,在森林中攀登了大约一个小时。空气凉爽湿润,但确实挺辛苦的。

四周散发着一股甜香的气味。

路旁掉落了许多黄色的小花。"还真是百花齐放啊!"横塚摄影师十分兴奋,这股热情劲儿简直可以在"热情大陆"节目中出镜了。他此刻仍迷醉于婆罗洲中:"我下个月还要再来一次。"让我们意外的是,原始森林里其实没有什么花。百花齐放算是很稀罕的景象,据说四五年也不见得赶上一次。听到这个,觉得我们的运气相当好,实在很开心。

呼哇呼哇　喂啾咿啾咿　呕哟　啼啼啼咿哑　喊哗
黑犀鸟、黑松鼠、红松鼠、猴子

我站在鲜花铺就的地毯上正在作画时,向导薇薇安把手放在耳边示意我们注意倾听,又用手指着远处的树梢,小声地说:"长臂猿群朝着这边过来了。"

哇,出现了!一大群长臂猿。但是还没容我拿起画笔,它们就已消失在茫茫森林中了。

观景点晨雾缭绕,朦胧梦幻,但雾气渐渐散去,变得晴朗起来,神秘的森林也渐渐现出了它的身姿。热带雨林小木屋看着很小,那是在这神圣森林的腹地中,人类建造的极渺小之物。而古老浩瀚的森林包容了这弹丸之物,安然自处。

巨大森林的觉醒让人感受到无与伦比的能量。

不久之前,仅仅50年前时,整个婆罗洲还都是这样的光景吧。但是,一切都不可能恒久不变,这也是世间常情。

就在我沉浸在无常感之中时,哎,脚上觉得怪怪的。"啊,是蚂蟥!"

哇,在热带雨林里被蚂蟥吸了血,我会得到一张伟大的献血证书吧。蚂蟥也是森林的一分子,被它吸了血,我们也为它们的生存贡献了力量。

走在丛林之中，简直挥汗如雨！下山途中看到一个瀑布，我下到水潭中游了会儿泳。脚上忽然一阵刺痛，定睛一看，好多鱼围在我身边，正在啄食我的脚。这算鱼疗吗，不过鱼比日本的大得多。

有些疼，但没关系，我接着游。啊，真舒服。

因为早晨起得早，一天显得格外的长。我沉迷在作画中，风声、鸟鸣声、树上发出的不知什么声音……全都进入到身体中。

傍晚，天色一瞬间暗了下来，但森林里依旧很热闹。犀鸟的叫声好像拙劣的小号声，与猴子们的啼叫声交织在一起，威~威~叽！突然间响起了警笛一般的尖锐声响。

"那是什么？"我回头问道。"那是6点钟的研讨会"，据说每天6点钟一定会叫。这算森林诙谐曲吗？好像在说："看，太阳都下山了，快回去吧。"真好笑。

即便是深更半夜，森林里各种声音仍然此起彼伏，嚯嚯、喳喳、叽叽……

终于要前往热带雨林了

## ✹ 快乐的树冠漫步

丹侬谷的木屋周围有7条小径，除此之外还有树冠漫步。

巨大的热带雨林，乔木高达70米，相当于20层楼那么高。因此，被称为树冠的树木上层，人类通常是不可能看到的。

把这种不可能变成可能的就是树冠漫步。也就是在空中建起步道，各处都设有平台相连，在上面可以悠然漫步。

喂
叭———
嘀嘀嘀嘀 叭——
太阳快要下山了
啾啾～ 啾啾～
夜晚的森林中
喳喳喳、曜曜 叭叭～
早晨的蝉
叭～～～～～～ 好吵啊

很喧闹的6点研讨会

飞蛇　树冠上有松鼠、猴子、
　　　山猫、各种鸟
林床
麝香猫、麝鹿、野猪、
潮虫、蜘蛛、蜈蚣、
蝎子、蚂蟥　　蜥蜴
　　　　飞蜥蜴　有蛙
　　　　　　　　螃蟹

丹侬谷的面积
约43000km²
我住在距离原始森林
大约5km的地方
观景点差不多在
原始森林的正中间

树冠上的动物有松鼠、猴子、山猫和各种鸟。

与之相对，地面的林床上有麝香猫、麝鹿、野鸡、潮虫、蜘蛛、蜈蚣、蝎子、蚂蟥，有一种明暗分明的感觉。

在可以充分沐浴灿烂日光的树冠上，那些想要分一点阳光的附生植物将种子四处飞散，附着在上面，悠然将叶子铺展开来。

附生植物的外观好似音乐般富于节奏感，赏心悦目，我画了好多。

森林就如同大地一样。

✳ **令人惊讶的树木**

终于要前往热带雨林了

所有植物的根源在于阳光和水。

为寻求树顶的阳光，藤蔓性植物像蟒蛇一样向上生长着。

阳光照不到的林床部分非常潮湿，这里也有许多生物。

快看快看！有长得几乎和树叶一模一样的，还有像树枝一样的虫子。

巨大的潮虫非常可爱。闪闪发光，好像高档的宝石饰品，很想把它装饰在银座和光的橱窗里呢。

还有一种有趣的树，像裙子一样铺展开。在地表土壤较浅的热带地区，支持高大树身的就是这种板状根。据说这样可以向上输送大量的氧分和水。

热带雨林中热气升腾，充满了勃勃生机。

和叶子很像！叶子里

球马陆
体型很大的千足虫
澳洲的

蜡蝉

蘑菇里面白的好像鸭子的屁股

被绞杀无花果树所附生而变成"空中百合"的
主树无脑者

终于要前往热带雨林了

绞杀无花果树起初是附着在其他树木上生存，只是借用地盘而已，后来却会把原本的树木杀死，使其枯萎，连名字听起来也很恐怖。

这个篡夺的过程实在是……

每年一定会结果的无花果树是热带雨林的食堂。鸟和猴子很喜欢吃无花果树的果实，它们的粪便会落在树上，生根发芽，生长出来的枝叶为了追求阳光而向上尽力伸展。与此同时，根部也尽力向下伸展，吸取水分，迅速生长。而被它缠住的树木最后会被越勒越紧，渐渐地因照射不到阳光而枯萎。好悲惨的故事啊！

35米高的鸟巢蕨
日本名为大谷渡
这个是图示

还很年轻的树，大根会长成很出色的板状根

龙脑香的种子

✳ 猩猩大马戏

婆罗洲猩猩只生活在婆罗洲岛和苏门答腊岛,而且随着森林采伐,其数量锐减,因此我以为,不去保护区是见不到婆罗洲猩猩的。

没想到,在丹侬谷,就在住的木屋附近,我两次都遇到了野生的婆罗洲猩猩。

优秀的向导能识别出婆罗洲猩猩小便的气味。当然,也能分清个体,对那些经常出现的猩猩,向导们会心怀敬意地给它们起名字。而且向导们经常会交流猩猩的行踪。

"发现了猩猩"的消息一传来,我们就立刻小跑着奔赴现场,尽量不发出声音。

真的有!这只猩猩名叫"国王"。婆罗洲猩猩的手臂是腿的两倍长,而且脚跟手一样,能抓握各种东西。

七八个月大的猩猩宝宝阿巧
妈妈25岁　琳达
爸爸30岁　杰克

据说这些名字是日本的
研究人员给起的

无花果树缠绕
下伸龙脑香树

妈妈抱着宝宝

好热

宝宝趴在妈妈的肩膀上

爸爸在玩

爸爸　阿巧

发现猩猩

在河边很高很高的
树上晒着太阳
吃果子。
只有这里才有果子,
特意来这里吃的
太历害了!
还是一家子

Baby 阿巧

婆罗洲猩猩
在那么高的
树顶上
一家子一起
吃果子、玩耍
真好啊
婆罗洲猩猩
真好啊

"国王"不慌不忙地自在施展着它灵活的手臂和腿,为我们表演了一场精彩的猩猩大马戏。

木屋后面的河边,我们在很高很高的树上发现了猩猩一家。一般来说婆罗洲猩猩都是单独活动的,拖家带口的很少见。据说是因为只有这里才有水果,它们才过来的。

猩猩宝宝阿巧骑在妈妈肩头午睡,过了一会儿它就摇晃树木吃树上的果实,然后玩起来。

真好啊,婆罗洲猩猩,真好啊。我仰着头看了好久,看得脖子都疼了。

哗啦哗啦,咔嚓!我听到了树枝折断的声音。

又看到了一只新的"森林人"。太棒了,我乐颠颠地跑过去看。

森林新人罗尼小哥,正在勤奋筑巢中。

婆罗洲猩猩每天会换不同的地方睡觉,所以经常会看到树顶上有它们不再使用的巢。但意外的是,它们非常在乎睡眠舒适度,很郑重地给自己打造卧床。它们做着适合自己身体的床,还伸出手去狼吞虎咽大吃大嚼。筑巢所用的材料就这样变成了它们的食物。"吃的就在住的旁边"指的就是这个呀。果然很好呀,婆罗洲猩猩。

## ✹ 丛林中的动物们

我不太喜欢动物园里的猴子。因为它们的脸看上去太聪明,太老成,可是它们的屁股却很红,有些不太和谐。

可是,婆罗洲的猴子们都是充满活力的。红叶猴、黄叶猴、灰叶猴,外表看来就觉得好酷,哪里都能看到,让人总想惊叫。有时它们还会在木屋的栏杆上蹲一排,所以它们才会被称为"平民偶像"吧。

最神秘的是灰长臂猿(婆罗洲长臂猿),这是婆罗洲排名第一的歌唱家,但往往只闻其声不见其身。当森林之中响彻长臂猿的歌声时,就好像整个丛林都跑到身体里面来了一样。

"哇,松鼠!"我刚要进房间时,一只黑松鼠顺着门跑上去了。

还有慢吞吞的大蜥蜴。极小的岩蟹,它的背壳好像一张笑脸。

夜里,我们开车出去看夜行动物。向导慢慢悠悠地在行驶的卡车的最前方,用强光电筒刺破夜幕,寻找动物。

终于要前往热带雨林了

令人惊讶的是，是我发现了水鹿，而不是向导。水鹿，别名 Samber，是居于东南亚热带的夜行性鹿。日本的轻型厢式车斯巴鲁（Subaru）Sambar，名字据说就是来源于此。

"鼯鼠！"向导轻声说，我顺着他伸出的手臂方向朝高高的树上看去，却什么也没看到。我好想看鼯鼠啊！我的动态视力还得再练练。

啊！在向导电筒的光照中，现出了小小的脸和蠕动着的身体。原来是三只爪哇麝香猫宝宝！好可爱！

热带的野生王国，真开心呀。

黑松鼠

3只爪哇麝香猫宝宝
——夜驾所见

夜驾时发现的
水鹿 SAMBER DEER

傲慢的面孔

岩蟹在笑

## ✸ 西比洛人猿保护中心

虽然在丹侬谷已经见到了很多野生婆罗洲猩猩,但我还是决定再去西比洛人猿保护中心看看。这个保护区位于距山打根 24 公里的地方,主要保护因森林采伐与母亲生离或死别的小猩猩和被人类当作宠物喂养却又遗弃的婆罗洲猩猩等,并训练它们独立生存。

保护区位于丛林深处,行走途中能看到松鼠爬树,食蟹猴和豚尾猴一脸淡定地从这棵树跃到那棵树。我还看到了极为罕见的猫猴!只有脸,勉强能称得上是猴。这是一种匪夷所思的生物,灵活的身体能贴在树上,还能像风筝一样展开飞膜飞起来。

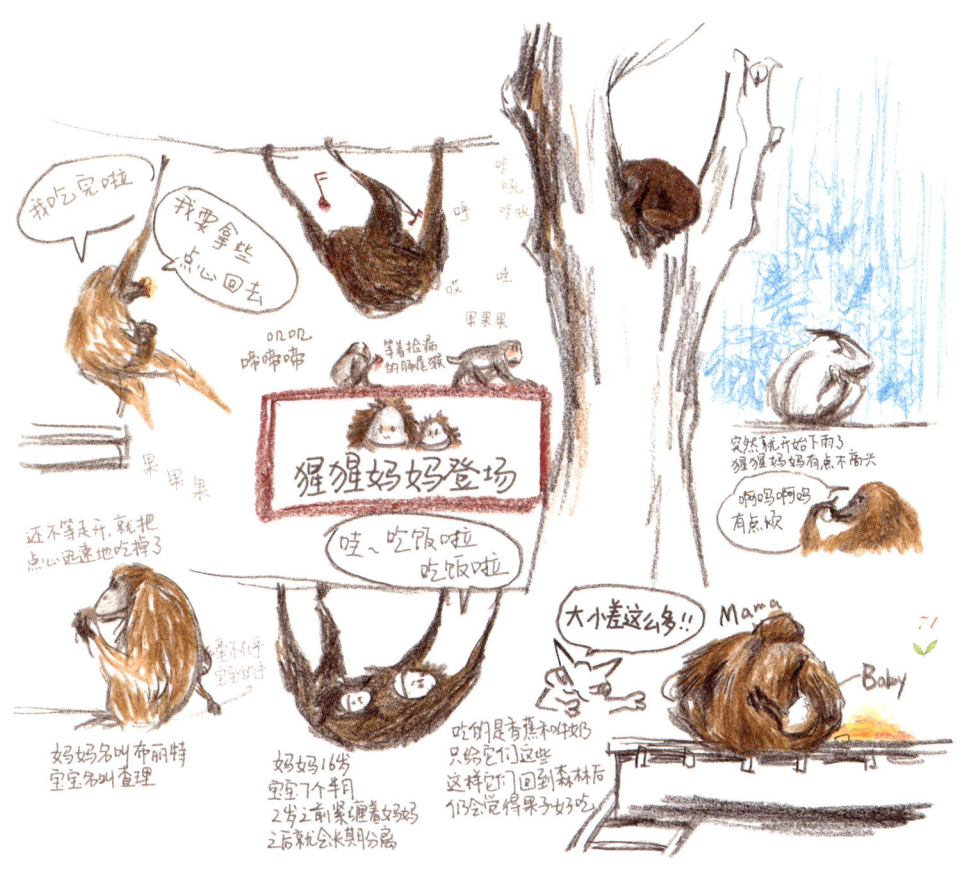

到了喂食的时间了,婆罗洲猩猩们从绳索上面走过来。

啊,有只猩猩的肚皮上紧紧贴着一只很小很小的猩猩宝宝!

真可爱啊,它们两个的大小差这么多。猩猩妈妈行动起来似乎完全不在意宝宝,但宝宝紧紧地抱住妈妈呢。

✳ 纸上对谈 ✳

# 我爱婆罗洲

### 池田晶子 ✕ 工藤纪子

和池田晶子一样,绘本作家工藤纪子也很关注婆罗洲。两人就婆罗洲和旅行进行了对谈。从两人各自的角度,会呈现出怎样的婆罗洲呢?与普通的观光导览大相径庭,来感受下它的魅力吧。

——首先,请两位分别谈谈对对方的印象吧,以及您喜欢对方哪些作品。

池田

工藤女士的作品中出现的动物们都很悠闲,也很幽默。这和她本人很像!我喜欢曾在杂志《MOE》连载过的《流浪的厨师》。

我经常在《MOE》杂志上看到池田女士的专题报道,可以说我的直观印象就是"池田＝达洋猫"。
有一次在一期专题里看到过一个故事,大致是"蜗牛走在银色的路上"这样的情节,太出色了。(《达洋猫与银之路》,白泉社)

工藤

——两位在那么多次旅行中,为什么对婆罗洲情有独钟呢?当初是因为什么契机让你们到婆罗洲去呢?

池田

说到契机,本书中我也提到了,是缘于参加婆罗洲纵贯旅行时看到的情景,以及那时结下的不解之缘。
以前我对前往的国家的文化最感兴趣,但我被婆罗洲所吸引的,是热带雨林那种伟岸的自然力量。
而且我还感受到了这些自然正在逐渐消失的危机感,因此也知道了我们能为达洋的故乡地球做些什么。

工藤女士

好久不见，你还好吗？
大概很忙吧？
这次我心心念念的婆罗洲的书
终于要出版了！
丹侬谷真是个好地方呀。闭上眼睛，
想起那响彻幽深森林的声音，
我的心一下子就飞到婆罗洲去了。
下次我们见面，好好聊聊婆罗洲吧。

AKIKO IKEDA

> 那时我想以海岛为舞台创作故事，在寻找取材地的时候，丈夫发现了婆罗洲岛。
> 当时我没有深入腹地，只住在距离机场 40 分钟车程的一个海滨度假酒店里。很巧的是，那个酒店里设有一个总部位于西比洛的婆罗洲猩猩孤儿援助站的分站，我在那里见到了小小的 4 岁猩猩——孤儿尤达。
> 我被它练习用树叶铺床的身影所打动，于是创作了婆罗洲猩猩的故事，也就是《千修与沃特的香蕉岛》（小学馆）这本绘本。
> 自那以后，我就渐渐对婆罗洲岛产生兴趣了。

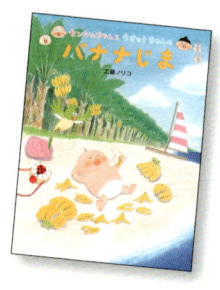

工藤

——没想到两位著名的绘本作家都如此着迷于婆罗洲，这真是很有意思。那你们认为，婆罗洲的什么地方抓住了绘本作家的心呢？

池田

> 从未见过的辽阔的大自然，还有身处其中时的舒畅感吧。

> 唔……我从来没有以"绘本作家"的视角去旅行或者思考过，不太清楚哎……作为"人类"的话，我喜欢植物、动物、昆虫等所有生物，所以想要不断地到丛林里去。

工藤

——在婆罗洲让你们印象深刻的是什么？

池田

> 我在书里已经写了很多，但最让我感动的是在丹侬谷的观景点看到的热带雨林的黎明。

> 最让我感动的是天空的颜色！可能是离赤道很近的缘故吧，天空中晚霞的色彩梦幻瑰丽，每次都让我感到震撼。橘红、荧光粉、天蓝……它们生气勃勃地铺满了整个天空，蔚为壮观，真是太美了。

工藤

——请给我们推荐一些婆罗洲可去的地方吧。

池田

> 要是第一次去的话,还是推荐亚庇和加雅岛吧。要是去过很多次了,就可以去丹侬谷来个丛林徒步。要是工藤女士还没有去过的话,我想推荐塔宾!夜间观赏很开心。

> 我虽说去过婆罗洲,但也只去过刚才我提到的度假酒店和内陆的丛林两个地方,所以还没到可以去推荐什么的程度,不过我想,只要是热爱大自然的人士,无论是谁,婆罗洲之旅都一定会很开心。

工藤

——美食是旅行中的一大乐趣,在婆罗洲吃过的美食中,最好吃的是什么?

池田

> 榴莲也很好吃,但最好吃的还是芒果吧。
> 还有像关东煮一样的"勇塔夫"。在加雅岛吃到的一种叫"婆罗洲浓汤"的汤也很美味。
> 再有就是在亚庇大排档吃到的咖喱叻沙了。

> 我也觉得在亚庇大排档吃过的干炸软壳蟹最好吃。

工藤

——在自然资源丰富的婆罗洲,你们肯定遇到过各种各样的生物,其中印象最深的生物是什么呢?

池田

> 是丹侬谷的婆罗洲猩猩!在很高很高的树顶上做着各种动作。

> 我特别喜欢生活在丛林中的一种"热带球马陆"。外观上看好像巨大的潮虫,但它不是潮虫,而是马陆的一种,蜷成一团的时候会密实地闭合起来,完全看不到内侧,变成像球一样。它走路时的样子很可爱,我只要看到它就很开心,会一直看着它。

工藤

——在婆罗洲,最让你们有画画的冲动,或脑海中浮现出故事的地方,是哪里呢?

池田

不管怎么说,还是丹侬谷的热带雨林,还有塔宾。

工藤

我的情况,没有特别具体的地点,而是回到日本之后,整个旅程所感受到的那些东西,会在头脑中形成构思。

——婆罗洲与日本的不同之处是什么?两者之间有没有共通点呢?

池田

不同的地方在于,两者虽然都是海岛,不是大陆,但日本是一个国家,婆罗洲是由三个国家共有。

还有,日本有四季之分,婆罗洲终年气候温暖,雨量丰沛。

由于气候不同,自然环境和栖息的动物都完全不同。不过无论哪里都有猫和狗(笑)。

工藤

池田女士好像也在书里提到了种植园,日本人优先考虑本国经济,以不公平的低价(非公平交易)从婆罗洲进口棕榈(棕榈油)。婆罗洲因此不停地砍伐原始森林,持续不断地建立棕榈种植园。

如果日本能以对等的价格进口,那么婆罗洲应该不必砍伐掉大片森林去建种植园的。也就是说,日本与婆罗洲的不同之处就是,日本是"榨取方",婆罗洲是"被榨取方"。

共通之处……我才去过三次而已,还不太清楚。

——如果再去婆罗洲,想要去哪里做什么呢?

池田

下次我想来一次婆罗洲横贯之旅。

工藤

我不会去其他地方,想继续去和以前一样的地方。我特别喜欢丛林,而且也有朋友在。

人类朋友,和"某种热带球马陆"这样的生物朋友,我都想去见呢。

——对那些将要去婆罗洲旅行的人,请问有没有什么建议,或者寄语?

池田

婆罗洲是距离日本最近的热带雨林。有机会一定要去丛林里走走看哦。

去丛林的时候最好不要裸露皮肤,如果有容易穿脱的袖套就很方便。这种袖套还能防晒,很管用。
还有,因为会出很多汗,方便洗涤又速干的手绢能起大作用,还能围在脖子里防虫子。

工藤

——两位都很喜欢旅行,旅行的魅力是什么?旅行的乐趣又是什么?

池田

是什么呢?"转过拐角,会有什么等着我呢",就是这种雀跃兴奋的心情吧。
看到从未见过的风景和街市,想象着那里人们的生活,这就是我的乐趣。
在那些地方画画,体会着那种氛围,我也会很开心。

我喜欢去未知地方时的冒险感觉。
旅行的乐趣,应该说是与当地人的邂逅吧。

工藤

——身为旅行达人,有需要注意的事情吗?

池田

我还在路上,离达人还差得远。不过,我会尽量不放过与当地人接触的机会。
还有,虽然困难很多,但是要享受困难。可能的话,我想记住用当地话数到1000万怎么说。不过,这个确实太难了……(笑)

我也远远谈不上是达人……不过我总是注意尽量减少行李,轻装上阵。池田女士,你的旅行必需品是什么?

工藤

池田

我的旅行必需品是有趣的文库书和写生画具。要是忘了带书,我就会恐慌。

——除了婆罗洲，还有接下来想去旅行的地方吗？

池田

我想从俄罗斯一路到北欧，再一路南下到非洲。趁着腿脚还利落，我还想去南美洲，地中海沿岸也不错。还想去肯尼亚。
想去的地方太多了（笑）。

我想去南美洲的丛林呢。想去看看危地马拉密林中的玛雅文明遗迹。

工藤

——池田老师，如果工藤老师的卡通人物"野猫军团"和"幸福小鸡"，像达洋猫一样去旅行的话，您想要它们去什么样的地方呢？

池田

摩洛哥的菲斯吧，乱糟糟的但很有趣。
说起来，工藤女士的绘本里出现的千修和沃特，真是不可思议的名字啊，为什么起这样的名字呢？

大家经常这样问我，其实这本来就是我出版绘本之前的二十多年前边玩边创作出来的故事，是那时随便起的名字，完全没有特殊的含义……

工藤

——最后一个问题。"达洋猫的绘画之旅"系列这次重新开始了，工藤老师希望达洋猫绘画之旅下一站去哪里呢？

去沙漠什么的，怎么样？有绿洲，还有骆驼在里面行走……

工藤

在摩洛哥的时候我走到了沙漠的入口，下次想骑着骆驼去旅行看看。
池田

## 工藤纪子

绘本作家、漫画家。向往丛林,因为偶然的契机前往婆罗洲,之后就沉迷于它的魅力。
主要绘本有《幸福小鸡》系列(佼成出版社)、《野猫军团》系列(白泉社)等。
网上随笔连载《GO! GO! 旅行日记 去丛林!》
http://www.kaiseisha.co.jp/serial/kudonoriko.html

工藤女士

谢谢！
今后我们两个人也要
多工作
多游玩
多旅行
度过愉快的人生！

AKIKO IKEDA

DAYAN'S SKETCH TRAVEL BOOK
BORNEO

# 3

# 母亲河——
# 京那巴丹岸河

# 3 母亲河——京那巴丹岸河

## ✳ 吊床宿营

沙巴州最大的河是京那巴丹岸河,全长560公里。

浅咖啡色的河水如同一条巨蟒,不慌不忙地蜿蜒起伏,从热带雨林中流淌而过。

我去找位于东京的专做婆罗洲旅游的季思科旅游公司商量《MOE》杂志的企划案要做些什么时,上一次旅行曾作为领队与我同去的泰说:"在京那巴丹岸河边来一次吊床宿营怎么样?那可是极致的丛林体验哟。""极致的丛林体验!"这句话让我们立刻亢奋起来。"我们"包括我、杂志编辑森下,还有经常与我一起旅行的妹妹小枫。

在京那巴丹岸河的码头,在巴图普蒂村宽敞的房间里,小婴儿在蚊帐一样的吊床里睡得正香。用叶子卷起来的椰饼很好吃。

我们乘小船前往宿营地,在别人的帮助下,我们绑好了自己的吊床。

先搭好防雨布,然后在防雨布下方、吊床上方挂防虫用的蚊帐。不知道哪里搞错了,小枫竟然把蚊帐和吊床上下颠倒了!好像她后来在蚊帐上睡了一晚。

"我也觉得怪怪的。这'吊床'一个劲儿地往下掉,最后我屁股都挨着地了。"笑死我了,还好她没被虫子咬到。

等到营地布置妥当,刚刚下午四点,四周却已经是傍晚的氛围了。这里当然是没有淋浴的,只能在岸边洗澡(水浴)。

"池田女士,绝对不要下河游泳!"泰叮嘱说,"河里有鳄鱼的。"

我一边看着夕阳沉入咖啡色的京那巴丹岸河中,一边用木桶舀起河水浇在身上。我仔细注视着河里是不是真的有鳄鱼,但是没有看到,我倒是挺想见见呢。

## ✵ 乘船顺京那巴丹岸河而下

从营地到下一个目的地苏高约100公里。我们包了一艘船,沿河顺流而下。说起来很风雅,实际上呢?这是个敞篷船,赤道的太阳毫不留情地将阳光直射在我们头上。热死了!我最怕晒黑了!

我用帽子、围巾尽可能地把脸遮住盖住,突然有一团云出现在前方……一阵狂风随之而来。还好,没有落下尘土,稍稍凉快了些。

鸟儿在高空中飞行,仿佛要飞出天际。河流沿岸分布着广阔的森林,从船上望去,能看到许多猴子。这样的游船之旅也不错嘛。

然而,郁郁葱葱的森林处处割裂,整齐种植着棕榈树的种植园正向河岸逼近。

这种胡乱开发种植园的行为,导致广阔的森林被分割成小块。无论是婆罗洲猩猩,还是大象,迁徙都是其本能,被圈在狭小的森林中是无法生存的。与100年前相比,婆罗洲猩猩的数量已经减少到不足一成,还有种让人难以接受的说法,说婆罗洲猩猩可能会在20年后灭绝。我想这对地球来说太不健康了。

婆罗洲保护协同组织(BCT)推动的"绿色回廊"是一个很棒的项目,就是把京那巴丹岸河及其支流塞嘉玛河沿岸的、被种植园分割成小块的热带雨林购买下来,让动物们在其间可以自由移动。虽然这一项目难以按设想那样顺利推进,但达洋猫也打算为此出一份力。

母亲河 —— 京那巴丹岸河

棕榈种植园
已逼近河岸

刺眼的阳光下,我们顺京那巴丹岸河而下,
气温38.5℃,热死啦。

## ✷ 快乐的游船之旅

京那巴丹岸河的支流是动物们的绿洲，对我们来说，则是能够愉快观赏动物的乐园。

有些讽刺的是，据说是因为种植园的开发，才导致越来越多的动物在河岸现身。这是令人烦恼的事，但能看到野生动物自然的姿态，还是相当开心的。

各处可见用旧的消防水龙制成的吊桥架设在森林里。森林被分割开来，动物们无法在广阔的区域来回迁徙了，这吊桥，至少是帮它们渡河的一种尝试。

消防水龙的结实程度、硬度、柔韧度都与热带藤类植物非常相似，原本由日本的动物园最先开始使用，现在又被婆罗洲保护协同组织（BCT）用于他们发起的项目中。

食蟹猴、长鼻猴渡河的情况比较多，不久前，终于开始有婆罗洲猩猩从这里渡河了！太好了！婆罗洲猩猩怕水，它们是没办法渡河的。这里也有人在为人类以前的所做所为作出补偿。

游船之旅,见得最多的动物就是长鼻猴。

傍晚时分,我们能看到树上坐成一串串的长鼻猴,睡觉之前会大吃一顿树叶来填饱肚子。

猴王的鼻子长到令人觉得好笑。貌似它自己也觉得碍事,吃饭的时候会用一只手拨开鼻子。它的肚子柔软地鼓着,大腿很丰腴,样貌庄严,穿着条白裤子似的坐在树上,这姿势,很像架子工工头。

外表看来幽默又有风度的猴王,却大张着双腿,立着红红的小弟弟在那里炫耀,实在很好笑。被一大群母猴子和小猴子簇拥着,可雄性只有猴王一个。猴王真不容易啊……

长鼻猴是个不喜争斗的种族,它们对和平如此热爱,简直到了让人为之悲哀的地步。何止是讨厌争斗,据说它们为了不与其他动物发生争执,渐渐去吃其他动物不吃的半生不熟的果实、有毒的果实,还有不好消化的叶子。

从食物争夺战中撤出之后,长鼻猴又放弃了与其他猴子争夺睡床。哪怕是小规模食蟹猴群来了,它们也会在猴王的指挥下,全员撤离,毫无抵抗地让出地盘。

在物竞天择的丛林中,长鼻猴凭借这独特的战略生存了几十万年。知道了它们的生存方式之后再看它们的鼻子,更觉得可爱了。

长鼻猴在准备睡觉

母亲河——京那巴丹岸河

哦哇 啊哦

哦哇 喂喂

长鼻猴组成的树
猴王就是架子工工头

稍稍进入达洋森林中看了看

## ☀ 拜访达洋森林

天亮了。轻风舒爽,雾霭中的丛林一点一点现出完整的身姿。

沿着京那巴丹岸河干流向比利特方向溯流而上,转过一个很大的河流弯道之后,领队泰说"就是这一带了",我们紧靠着河岸边把船停下。郁郁葱葱盘根错结的茂密森林,感觉人类根本就不会靠近的。

好不容易来到了这里,我还是想上岸去稍微看一下森林的。波浪不断涌上岸边,冲刷着像黏土一样的光滑的土地。

"我要上岸去看看",只有我说着无理的要求强行登上了河岸。哎呀,脚陷到泥里了。有人说"这里成为了大象的道路",不管大象怎么样,但看来弱小的人类是不能进入这片丛林的。

但是,摸一摸这里的树木,闻一闻这里的气息,我就已经很满足了。

我所创造的架空王国瓦奇菲尔德中,有很多森林。当然也有很多动物,说起来住在里面的都是动物,所以我才与婆罗洲结了缘。后来,当我得知动物们

居住的森林正在不断减少的现状之后,我觉得这是我应当做的事情,就决定参与到婆罗洲保护协同组织发起的"绿色回廊计划"中。

"森林的价格是每叠200日元!"(一叠就是一块榻榻米的面积,1叠=1.62平方米,200日元≈2美元。——译者注)

我把来婆罗洲创作的绘本《请听森林之声》中的插图商品销售额的一部分攒起来,在2011年买下了"达洋1号森林"!

上文说的就是我去看达洋1号森林时的情景。

在那以后,活动还在继续推动中。2013年,我的30周年纪念原画巡展开始时,我在画展会场设置了募捐箱,再加上拍卖我在一些表演活动中所绘的画作和版画等所得,我在差不多一年之后买下了"达洋2号森林"。

2号森林在1号森林更溯流而上的地方。虽然面积很小,但这是我送给大象和婆罗洲猩猩的小小礼物。

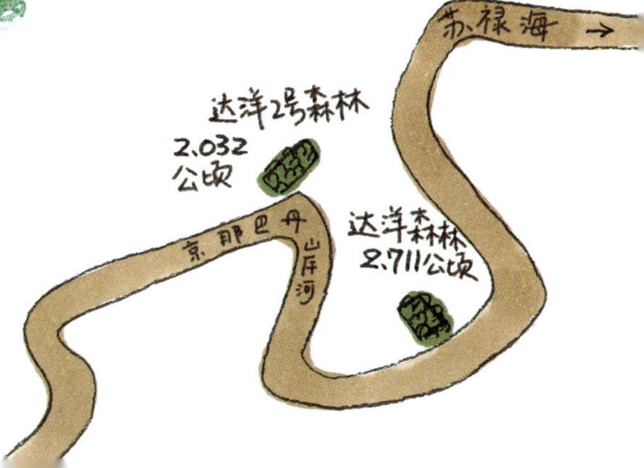

## ☀ 苏高的河之民

要想不再破坏热带雨林，而是与之共存，现在最被推崇的做法就是发展环保旅游。季思科公司的野村社长对婆罗洲有很全面的考虑，他在苏高建起了全新运营模式的环保木屋度假区，并使这里成为"乘游船观赏野生动物"的基地。

以前的模式是：由当地华侨或村镇中有实力的人出资经营，当地原住民只是为低廉的工资付出劳动。而苏高度假区尝试的新模式是：由本地原住民"河之民"自己经营。

晚饭后，当地的工作人员身着光鲜亮丽的民族服装演奏音乐，表演传统的舞蹈。

咖喱炸包子
虾肉糯米饭
苏高的周日集市

"cendol gula merah"

SILAT

男人们表演的集体舞，舞姿很像是空手道的动作，气势雄壮。女人们的衣装十分美丽，手部动作优雅动人。之后慢慢奏起了现代音乐，大家一起跳起舞来。与其说是取悦游客们，其实他们自己似乎更开心呢。

河边的森林中建起的木屋都是二层小楼，各个房间都带有观景露台，而且还有很多窗户。住在这里，有好像身处森林之中的那种自由感。

位于稍高处的木屋，从窗户能看到无花果树。有无花果树，那就是说，婆罗洲猩猩也有可能来这里觅食吧？

啊，犀鸟来了！太开心了！

入夜后，漆黑的夜空里星斗密布，美妙无比。

动物们最活跃的时间是早晨和黄昏之后，所以我利用白天的时间前往苏高小学，去面见校长先生。他给我讲了精灵的故事，还有河之民的习俗等。

据说，在伊斯兰教传入之前，本地人一直相信大甘巴豆树上宿有精灵，在那之后这种信仰就停止了。

但我还是看到了几棵没被砍掉的孤零零的大甘巴豆树，想必上了年纪的老人中，仍有人相信精灵之说吧。

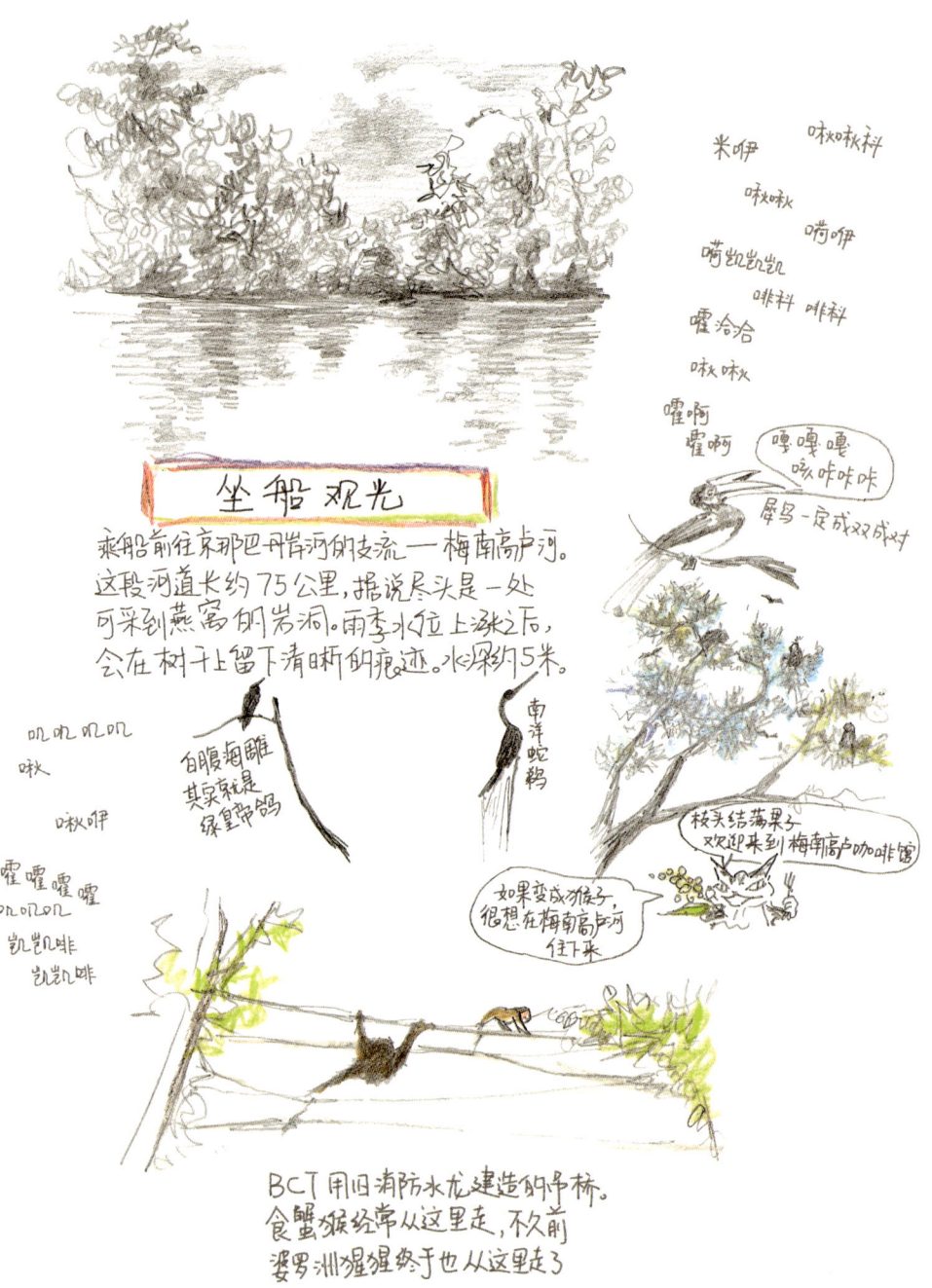

DAYAN'S SKETCH TRAVEL BOOK
BORNEO

# 4

# 野生动物的宝库
## ——塔宾

## 4 野生动物的宝库——塔宾

### ✸ 分隔森林的红色道路

塔宾是沙巴州面积最大的丛林，相当于东京23个区总面积的两倍。这里生活着苏门答腊犀牛、亚洲象等100多种哺乳类动物，堪称野生动物的宝库。

以前这里仅允许研究人员进入，现在建成了环保度假区，普通游客也可以入住河边舒适的木屋旅馆了。

要前往这里，和丹侬谷一样，要先从亚庇乘马来西亚的国内航班到拿笃，再从拿笃乘车颠簸前往丹侬谷的反方向。

建在河岸上的塔宾野生动物度假区的木屋旅馆，天花板很高，木头的香气浓郁，很宽敞。

塔宾最有趣的是以红色的道路为界，一边是种植园，一边是原始森林，两边性质截然不同的森林铺展开来。对那些祖祖辈辈生活在原始森林中的动物们来说，新出现的

次生林与原始森林不同，感觉明亮有朝气。这才40年而已，到一亿年为止还会不断生长变化的。

塔宾
河岸木屋
河水昨天上涨了

种植园这种"森林",究竟算什么?

为了思考这一点,我特别希望能到种植园中走走看。

何况,这里也很适合充当我想要用于创作绘本的舞台。

种植园四周围着带刺铁丝网,上面挂着用马来语写着"小心,铁丝网有电!"字样的警示牌。这种地方,当然是不允许进入的!可是当我沿着铁丝网在种植园外围行走时……咦?铁丝网的下方,到处都是动物们挖开的洞啊。

"好想进去看看啊!"我开始耍赖了,"真拿你没办法!那你可要保密哦。"

向导玛鲁说着,陪我钻进了种植园,并告诉我好多生长在那里的植物的名称。

种植园里的植物种类比我想象的多多了。

紫罗兰、含羞草、玛丽安斯托树……那里生长着各种草,就是没有高大的树木。棕榈树上结满果实的棕榈果掉落下来。

从这种红色的果肉里能提取棕榈油,从种子里还能提炼棕榈仁油,这两种油对人体都非常有益。棕榈果中的果肉非常饱满,而且近来还能把取出果实之后剩下的果壳用作生物燃料,利用效率很高。

这种棕榈树跟日本人的关系也很密切。大家平时吃的薯片、巧克力、方便面,还有化妆品的原料中,都写着"植物油",不知道大家有没有注意到呢?

　　这里说的"植物油"几乎就是指棕榈油。棕榈树只能在赤道附近种植,马来西亚和印度尼西亚生产了其中的85%。如今它已经是食品加工中不可缺少的成分,且价格低廉,市场需求量很大,因此也就可以理解婆罗洲的人为什么会想要不断地开发棕榈种植园了。但是,为此每年都要有静冈县那么大的原始森林消失掉,我觉得是有些做过头了。

　　玛鲁家里也有一个小型种植园,但是他也很爱动物,所以也在做向导。如果棕榈树、原始森林以及野生动物今后能和平共处就好了。

我和向导玛鲁一起走在棕榈种植园中

夜驾

## ☀ 林中夜驾

叽~呜咦、咳咳咳、喊喊……夜里的声音在周遭回响，手电筒的光束照亮了漆黑的夜。卡车缓慢行驶着，我从车上凝神向外看着。"塔宾比丹侬谷能见到更多的动物"，听了这样的说法，我的心跳得越发厉害，眼睛瞪得更大了。

卡车在红色道路上行驶，车灯扫过棕榈树森林，映出了前来觅食的动物们的身影。

啊，看到了！哇！我看到了麝鹿！这是一种体型很小的鹿，腿细得像要断掉，眼睛大大的，非常可爱。大家虽然都说"好想见呀"，但是在丹侬谷并没看到。此刻，它正在种植园里奔跑。太高兴了。

出现了！须猪一下子来了四头！

那是马来麝香猫还是豹猫？能看清它后背上的豹纹。朝这边转过来呀！啊啊，跑掉了。

椰子树上有豚尾猴。啊，还看到了大猫头鹰的身影。

太让人赞叹了。这里之所以能比丹侬谷看到更多动物，是因为种植园的存在。

果然还是棕榈果太好吃了。那红红的果实，看着就很好吃。肉食动物也为了捕食那些来吃红果实的动物而来。

夜晚的种植园就是动物们的餐厅，尤其更是那些来这里伺机捕猎的肉食动物们的餐厅！

野生动物的宝库——塔宾

BROWN WOOD-OWL

MOUSE-DEER
终于看到了麝鹿

LEOPARD-CAT

MALAY CIVET

BEARDED PIG
得得得 一次来了4头

# ✺ 大雨中的泥火山

　　距离木屋大约两公里处有一个泥火山，是由于地下岩浆运动而引发的少见的喷泥景观地。很多动物会聚集到此地，来食用这种含有丰富矿物质的泥，因此在大雨中，我们乘敞篷卡车前往参观。泥泞而凹凸不平的道路，颠得我屁股生疼。

　　这一路我是与画商本庄先生同去的。本庄先生穿着黑色的雨衣，个头很高，我穿着肥大的斗篷式雨披，站在他身边，就好像巨人和小矮人一样。我们沿着水势如瀑的徒步线路不停地向上攀登。

　　全身早就湿透了，浑身上下都是泥，但心情很舒畅。据说这种泥涂在皮肤上，有海洋疗法的美容功效，因此人也以浑身是泥为乐。

　　终于登上了瞭望塔，一等就是两个多小时。

　　这样谁也不会出现了吧，我这样想着，画起画来。就在这时，啊，来啦！是须猪一家。

　　五头小猪宝宝，太可爱了！

✸ 核心区

今天 晴

木屋周围是原始森林的次生林，是年轻、明快、充满活力的森林。这片森林从诞生至今不过40年，从现在开始往后的一亿年中，它会不断地生长变化。这里曾经是原始森林，从20世纪70年代中期开始的采伐活动波及到这片广袤森林的80%，而采伐所得木材多数被运往日本。当时日本正值经济建设高潮期，来自南洋的便宜木材非常难能可贵。但是植物的生命力真厉害呀！这样不断地培育树木，现在又长成一片森林了。

早晨终于天晴了，我们开车走了约10公里，到达完全没有触及过的原始森林核心区域。

被称为核心区的这一带，是从未被采伐过的原始森林，一般人只能走到它的周围区域。据说已濒临灭绝的野生苏门答腊犀牛好像也生活在核心区中。开始画核心区后，我越发感觉到这远古森林的神秘。

天晴了，心情也很雀跃。哦哇～呵～呵～长臂猿高声叫着宣示势力范围。玛鲁学长臂猿啼叫，学得非常好，对方竟然也叫着回应他，实在太好笑了。

有着漂亮羽毛的鸟儿飞起来，到处都是鸟儿。

塔宾是次生林，与丹侬谷等原始森林相比，树木低矮许多，而且并不那么浓密，所以能清楚地看到鸟和猴子。这里成为受欢迎的观鸟地，也就可以理解了。

我发现有好几条徒步小径，想更悠闲地来走走呢。

我大口地吸气，做了个深呼吸。森林的气息和声音充满了我整个身体。

其实我还想看看大象。我听说核心区周围常有大象出现，可是这次只看到了大象的粪便，实在没有这个运气。

RUFOS Woodpecker

Greater Coucal

等待着狙击蛇的
热身中的老鹰

唧 唧 唧

唧 唧 唧

玛鲁模仿
长臂猿的叫声
居然得到了回应

野生动物的宝库——塔宾

Barred Eagle Owl

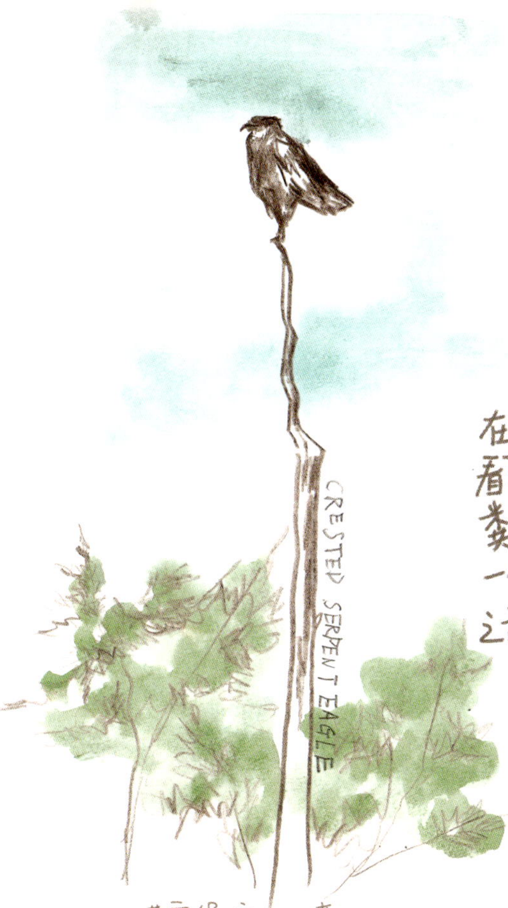

CRESTED SERPENT EAGLE

塔宾保护区入口

在前往核心区的路上看到好多大象的粪便,据说大约是一个星期之前留下的

*107*

DAYAN'S SKETCH TRAVEL BOOK
BORNEO

# 5

## 婆罗洲纵贯之旅

# 5 婆罗洲纵贯之旅

## ✳ 婆罗洲纵贯之旅

"婆罗洲纵贯之旅,行程 1500 公里!跨越三国国境,目标赤道!约吗?"

我在摩托车杂志上看到这则广告,把它拿给我们的设计师、骑摩托车的舞子和小绯看。参加这种旅行的肯定都是男性,如果有女性伙伴一同去的话,大概会很开心。小绯说"七晚八天?没时间没时间",但当她听说今年的敬老日长假很长,只要请两天假就能去的时候,一下子就来了兴致,居然比我还先报了名。

专做婆罗洲旅游的季思科公司,做法挺有意思的。最低成团人数为 3 人,每增加 1 人,团费就降一些。最后共有 7 个人报名,便宜了两万多日元。

季思科公司虽然很有诚信,但出发之前,在机场,社长忽然说:"实际上……当地的工作人员实地勘测了一下,不是 1500 公里,是 2100 公里……"

哎!增加了 600 公里!只有最后一天比较宽松,其他六天都是从早骑到晚呀。骑摩托的人大概能明白,每天山路骑行 400 公里,可够辛苦的。

"那就是说,没有去海边的行程喽?""这个……是这样的。"社长一脸悲叹的表情。

这这这……越发像一次冒险之旅了,我和小绯能一鼓作气地跑完全程吗?

抵达亚庇酒店是凌晨一点半,早晨快要出发时突降暴雨。

向导布兰登和我们讲明,此次骑行就类似追击一样,十分艰苦。据说个别日子需一天骑行500公里;运输中掉落的棕榈树会导致路面很滑,他自己曾摔倒过;印度尼西亚的主干道很狭窄,必须在全都是土的土路上骑行……

我讨厌路面滑!我讨厌在土路上骑行!这些我都没听说!……我真的很想揪住布兰登的胸口,对他这样大吼大叫。但事已至此,无法回头,又是在小绯面前,于是我故作镇定地点点头,好像这很平常。自己因为棕榈树的油而滑倒、在土路上全身是土摔倒的情景一直在我的脑袋里面乱转。我的心就如今天的天空,看不到前途,被阴云笼罩。

外国人骑摩托车跨越国境这种事很少见,新闻媒体都来采访,出发又迟了些,布兰登急得团团转。而我又意识到了不得了的事!

今天要跨越国境,必须要护照,可是我的护照在我那用防雨布仔细包裹、用绳子认真捆好的行李箱里,而行李箱,此刻放在卡车的车箱里。

我连连说着"对不起对不起",掀开卡车上的防雨布,寻找箱子,把箱子里的东西翻了个底朝天,总算找到了护照。

哈,出发前就精疲力尽了。

印度尼西亚国旗

马来西亚国旗

砂拉越州州旗

在大雨中出发

亚庇 吃了榴莲

文莱国旗　沙州州旗

实必丹

斯里巴加湾市

这么热的天

天晴了吃午餐

午餐吃美乐煮

美里

文莱边堡斋月结束庆祝开斋灯火辉煌

跨越国境时乘坐的渡船
先从沙巴州跨越州境到砂拉越州
再从砂拉越州进入文莱国境
文莱国土分为两部分，所以要多次跨越国境

民都鲁　棕榈树种植园

在这附近吃便当

护照上全是章

传统木屋

抄近路骑行在
未修好的起伏
不平的路面上
……被颠得十分清醒

果实结在很高的地方
收获就是等着果实掉下来

砂拉越胡椒　烧荒后种植的稻米　榴莲

## ✳ 路边摊的榴莲

我们骑的摩托车是马来西亚产的 DEMARK DMX150。看起来像是新车,可是骑上去一看……我试了试电启动,毫无反应,又踩踏板,引擎还是点不着,脚尖将将够着地面。小绯那辆车电启动状态很好,但是挂不上空档,还漏油,转向灯裂了,车灯也歪了……哎,凑合吧,可能骑起来怎么都能应付。

我让男士帮我猛踩踏板,摩托车终于启动,我们在倾盆大雨中出发!

我们的旅程在最糟糕的状态下开始了。

但事态貌似在逐渐好转,天气转好后随之而来的就是酷热!

离开亚庇之后,一片田园风光。道路边摆着路边摊。

在卖榴莲!味道"臭名昭著"的榴莲。我们赶紧切开尝尝看。

哇,这味道虽谈不上惊艳,但确实很好吃!像奶油一样的口感,甜甜的美味在口中软绵绵地扩散开来。但是自那以后无论骑到哪里,都有一股榴莲的味道追随着我,挥之不去。因为戴着头盔,被封闭起来的榴莲气味相当强烈。

后面又见到卖榴莲的路边摊时,布兰登还是忍不住停下来。他还在途中看到结了果实的榴莲树。"哎?哪个哪个?"我们都不知道哪个是榴莲树,布兰登一蹦一蹦向上跳着用手指给我们看。他真的很喜欢榴莲啊!这里的人都很爱吃榴莲,看起来正当季,路边摊、特产店里到处都是榴莲。

榴莲营养丰富,曾有国王为了强身健体而吃榴莲,因此它曾被称为"王的水果",现在则被称为"水果之王"。其实也被称为恶魔之果、禁果。是这么危险的东西吗?听说榴莲和酒精同时摄入就会有生命危险,可能是因为这个原因吧。

后来我买了榴莲片带回日本当礼物,结果被大家狠狠嫌弃了。

雨后的榴莲路边摊

卖榴莲的三姐妹

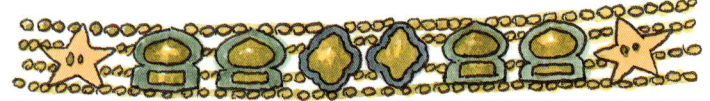

## ✷ 文莱灯火辉煌

肚子饿了，我们在沙巴州与砂拉越州交界的小镇上找餐馆。哎，几乎所有的店都大门紧闭。哦，这几天是伊斯兰教的"开斋节"，几乎所有的商店都休息。我们总算找到一家开业的中餐馆，吃了饭。"今天要过好几次州境和国境哦，池田女士，你的护照没问题吧？""要过几次？""四次，要盖八次章哦。"在马来西亚，跨越州境的时候也要接受审查。

从沙巴到砂拉越，从砂拉越到文莱，从文莱到砂拉越，再从砂拉越到文莱，错综复杂的跨越国境盖章接力赛，盖章收集者肯定超喜欢。

开斋节是当地人与家人亲属聚会的节日，跨国境的渡船上非常拥挤，汽车排成了长龙，摩托车见缝插针地停在汽车旁。

幸好，我们的摩托车上没有插太阳旗。

从文莱进入砂拉越时太阳已经落山了，没有街灯，我们在漆黑的夜里以相当快的速度骑行。我排在第二个，拼命盯着布兰登的尾灯，唯恐掉队。

车队再次进入文莱后，景色突然变了。

竟然是灯火辉煌！街上点亮好多灯，可能是因为开斋节吧，装饰着各种可爱奇幻的彩灯。我们住的酒店是位于文莱首都斯里巴加湾市中心的文莱酒店。我们把摩托车停放在酒店，一边牵挂着装着啤酒却被堵在路上的伴我们同行的卡车，一边走去河边的餐馆吃饭。河对岸在放烟花，映在河面上十分美丽。环境如此优雅，饭菜也美味。不愧是文莱王国，富裕的国度！

婆罗洲纵贯之旅

文莱,国土面积与日本三重县差不多大,是个小国家,但人均 GDP 却比日本高。婆罗洲(Borneo)的语源就是来自于曾经占据岛的北半部的文莱(Brunei)。

在文莱王国,据说开斋节时国王会向国民开放王宫,免费提供美食,但今年因国王患了感冒而中止。什么办法都行不通,只能留下遗憾了。

好不容易来到文莱,却没能看到王宫,但我们在婆罗洲唯一的高速公路上骑行了。这段高速路只有 80 公里,但是是免费的,而且没有限速规定。

时间超级短的渡船

## ✺ 美味之旅

  一路上，我踩踏板总是无法启动摩托车，一直都慢慢腾腾的，同行的伙伴小照实在看不下去了，把他的车换给了我。太棒了！可是虽然能够启动了，但计程器又完全不动了。这次的旅行只是不停地骑行，支撑我的唯有"今天还要骑行多少才能达标"。计程器坏了，无法确认车程，我的内心可谓苦闷至极，好在处处都能看到像路标一样的东西，能够进行大致的推测。

  骑在路上时，最期待的就是吃饭了。

  骑行 500 公里那天，早晨要很早出发，因此为我们准备了简易便当。金枪鱼奶酪三明治 4 个，鸡蛋 3 个，橙子 1 个。

  我以为会有一次浪漫野餐，谁知道布兰登竟然让我们在一个没开业的路边摊那样的脏兮兮的窝棚里吃饭。稍不留意，苍蝇就嗡嗡地飞到三明治上来了。真是风雅绝伦的早餐。

  不过呢，这次旅途中的每顿饭都很好吃。

  在文莱的河畔餐厅吃到的汤面和印尼炒饭超美味。其中最让我感动的是在美里吃到的关东煮。这种食物实际叫作"酿豆腐"，是豆腐、香菇、蔬菜炖在一起，但外表和味道都正是日本的关东煮！盛上一大碗，多少米饭都能吃下去。

  婆罗洲的华侨很多，中餐很好吃。炒饭、蘸含有大蒜的调料汁吃的叉烧也好吃得让人神魂颠倒。而且我最中意的一点是中餐馆里能喝到啤酒。

  我们有 10 个人，为了让我们能坐下，餐馆会运来大桌子，瞬间就组合好。

  午餐是不能喝啤酒的，所以就选马来餐馆。以自助餐的形式像印尼盖饭（nasi campur）一样选自己爱吃的菜盛在米饭上吃，这种类型比较多，味道也还不错。

## ☀ 狗、猫和奇特的商品

有时候,骑在最前面的布兰登会用手指指某种东西,然后绕开道路。意思是"这里有狗,躲开走"。一路见到许多在路上打盹结果被车撞死的流浪狗。在伊斯兰教里,狗和猪是不洁之物,不得碰触,因此狗全都是瘦骨嶙峋的。

街上和市场里也有很多猫。虽然多数猫也很瘦,但并未如狗那样贴着不幸的标签,所以,它们还能勉强幸福地做一只猫吧。

在婆罗洲,流传着一个"跳伞猫"的奇怪故事。

这就是1950年在英军支持下实施的"空投猫战斗"。画在纸面上很是可爱,但实际上却是相当残酷的战斗。

婆罗洲一度疟疾横行,广泛喷洒灭蚊剂"滴滴涕"之后,疟疾得到了控制。然而由于壁虎吃死蚊子、猫吃壁虎这一食物链的存在,岛上的猫数量骤减。

没有了天敌,老鼠繁殖猖獗,于是又爆发了伤寒、黑死病等疫情。在世界保健机构的介入下,从英国调集了14000只猫空投到婆罗洲岛。然而,实际上这些猫在来到婆罗洲岛之后的训练中,以及当初空投的过程中,绝大多数死亡了,最后实际投入战斗的猫据说仅剩下20只。

多么没脑子的战斗啊!多么可怜的猫咪们!他们对猫这种动物知道得太少了。训练猫是不可能做到的事情。

直到现在,印度尼西亚仍有跳伞猫形象的商品在出售。

砂拉越州州府古晋,马来语是"猫"的意思。这一地名的由来也很有意思。

有的马来西亚街上到处都是狗,也有被车撞的

是流浪狗,狗狗习惯,全都,这里没有养

最后一天吃午饭时遇见的小猫

猫也很多,都很瘦,猫就是"古晋"

穆斯林餐厅有这样的标志。

酒店的天花板上有指向麦加方向的箭头

　　以前，英国人开始殖民的时候，指着村镇问本地人"那是什么"，刚好身边有猫在，当地人就回答"是猫"，所以这个城市就定名为古晋了。

　　直到现在，古晋仍然是猫的世界，作为猫城驰名天下，街上到处都是猫的雕塑，市政厅里还有猫咪博物馆。我想起来，之所以来婆罗洲，也是因猫而起，是因为"我要跟达洋一起去古晋参加猫节"这个企划案破产了才来的。

　　猫节每年8月举行。总有一天，我要去看看。

## ✹ 意外摔倒！

从亚庇到民都鲁，我们基本上是沿着海岸线骑行，但很遗憾，一路上很少看到大海。偶尔我们会在湖边骑行，还横渡了几条茶色的河流。

我们还时不时地看到马来西亚特有的长屋。由于地板是架高的，建筑呈细长型，因此，能避开洪水和啮齿类动物的侵扰，而且通风好，又能很多人一起居住，实在是很棒的居所。

从美里开始，路边就都是棕榈树种植园了，连绵不断。这也是理所当然的，这条公路应该就是为了运输棕榈和被采伐下来的木材而铺就的。

种植园的开发，最怕的就是开发面积太大、开发速度太快。从古至今居住在这片地域的、依靠森林和土地的恩惠生活着的原住民们，是最早因森林采伐而生活受到威胁的。

在日本，作为南洋木材很知名的"柳安木"，其实就是热带雨林的主要树种龙脑香。不过，采伐木材对森林来说还不算是严重的破坏，因为剩下的树木很快就会生长起来。

但是种植园开发，是把所有树木全部砍伐掉再烧荒。棕榈树种下后5年就能结果，采摘20到25年，之后再次烧掉，土壤已经被破坏了。而且，为了防止摘下的棕榈果氧化，必须在24小时以内榨油，这就必须在种植园附近建造榨油厂，需要大规模投资。而对投资者来说，工厂规模越大，投入产出比就越划算，种植园就变成了今天这幅光景。

但万幸的是，看来种植园已经过了收获期，这次的路面并没有因为卡车运输中掉落的棕榈树的油而变得油滑。

尽管如此……次日，我们进入了印度尼西亚，那一日的行程很悠闲，中午就已到达当天的住宿地塞里安。从开始骑行已进入第四天，这是第一次有机会

去游玩。我们有两个选项,去 40 公里外的保护中心去看婆罗洲猩猩,或是去 5 公里之外的瀑布。

我们决定选择轻松的瀑布线路,谁知道刚出发不久,就飘来一片奇怪的云。

雨越下越大,我赶紧穿好雨衣,这时发现自己迷路了,大家也都走散了。已经落后的我一心要追上同伴,在雨中加速驶出。不久我看到一块路标,上面的文字类似目的地,我正留意辨识的时候,前方突然有橙色雨衣冲入我的视线中。

"是伙伴!"愚蠢的我在雨后湿滑的黄线上紧急刹车。刹车瞬间抱死,我还来不及重新调整姿势,就已经唰地滑了出去,重重地摔倒在地。

这下摔得可不轻,我半天起不来!匍匐着努力向左边闪躲。

摩托车严重损坏。季思科公司,对不起啊。

我的左手腕和膝盖负伤,去了医院,屁股上马上被打了一针,好痛!医生说"把裤子往下拉",我正很不情愿的时候,对方却轻笑起来。因为,我穿着大大的纸内裤。

伊斯兰的卫生间是手动式的温水洗净坐便器,拿水瓢或水管淋水,用左手洗。我挺喜欢这种方式,但是如果洗完不擦干就提上裤子的话,内裤就会湿乎乎的,很难受。这次出发之前小绯说要去百元店买纸内裤,我就顺便让她帮我买了。纸内裤吸水性很好,最适合伊斯兰式的卫生间了。

我大概是这里第一个露出屁股的日本人吧。护士可能会就此认为"原来日本人都是穿纸内裤的",一想到这里我就忍不住想笑。

他们让我坐在轮椅上拍了片子,还好没有骨折,我松了一口气!

## ☀ 印度尼西亚与赤道小镇

我摔倒后,季思科的社长甚是担心,特意赶来。我和社长一起乘坐开着空调的舒适的厢式货车进入了印度尼西亚国境,那台可怜的摩托车则被送去修理了。

一进入印度尼西亚我就惊了,这里跟马来西亚迥然不同!首先就是人特多,摩托车特多,街道狭窄,到处都坑坑洼洼。街边有几个小店。说是店,其实就是在快要坏掉的架子上摆着装有汽油的聚乙烯罐,还有并排摆着一些塑料瓶子,卖东西的人不是老人就是孩子。这情景,让人看到这里的贫穷,但反过来,也能让人感受到这里鲜活的热情和活力,非常有趣。

车子终于进入30公里起伏不平的道路。这条路到处都是红土和石头,很是宽阔,车轮到处,卷起漫天尘土,几乎看不清楚前方路况。小绯有没有摔倒啊,我有些担心。可后来问她,她说因为车速太快被训了一顿。年轻就是好啊!

但是,在即将走完起伏路面的时候,团里有一个同伴还是摔倒了。当时他发现自己的东西掉了,想掉头回去捡,但摩托车转向忽然失灵,导致摔倒。我就没穿戴护具,他也没穿,这下,我们两个没有防护措施的人,被做好防护的队友们好好嘲笑了一番。

这天住在赤道之城坤甸。我听说坤甸是个大城市,但我们突然进入了异常狭窄的路面。路边的小店非常拥挤,汽车和摩托车争先恐后地驶过。有四人同乘一辆摩托车的,还有小孩子驾驶摩托车。有满载货物的摩托车,还有胡乱驾驶的摩托车,这一切,都是源自生活啊。那些装在塑料瓶里出售的汽油,就是卖给他们的吧。

等我们走到大路上，一瞬间，我看到遍野蟋蚁般的摩托车大军！哇，太壮观了！百闻不如一见，印度尼西亚太好玩了！

坤甸（Pontianak）的名字据说来自一个女鬼。怀孕的妇女如果想要不受叫作坤甸的女鬼的侵害，一般会赠予她们5寸的长钉，这样她们就可以用此从头顶钉入女鬼的头颅。好恐怖啊。我们入住的是一家很壮观的酒店，可是淋浴喷出来的水却直击头顶。这是女鬼坤甸的诅咒吗？我想借一个电吹风，结果电话被转接无数次后告诉我"现在借出去了，明天可以吗？"……明天，不需要了。

好不容易来到这里，我们去看了赤道纪念碑。

我听说北半球与南半球的水流漩涡方向是相反的，一直很期待印证一下，但是没能见到。我以为赤道上是没有影子的，但实际上也有影子。好像也没什么大不了的嘛……

管他呢，反正我是来了赤道了！这就够了。

在进入印度尼西亚国境之前摔倒，不能在印尼境内骑行，太可惜了，于是在返回古晋的路上，我央求季思科公司的泰，让我在印度尼西亚的土地上稍微骑了一小段。

又在一个不同的国家里骑行了，这的确让我开心，可是，哇，手好痛啊！

紧握离合器是要用力的，我的左手腕上部渐渐发麻，连回正方向都很困难。只骑了40公里，就乖乖地交了车。

但不管怎么说，我在印度尼西亚骑了摩托车啦！这就足够了，到底要不服输到什么地步啊。

该如何给这趟旅行下个结论呢？有什么亮点呢？

我想，那就是"纵贯"二字。

从北部一直南下，一路饱览当地人的生活光景，我想这才是真正的观光。

不过确实是太热了。我竟然久违地生了痱子。

# 后记

我人生中的两大主题,一个是不停地创作虚拟的国度,一个是在真实的地球上旅行,并将其描绘下来,也可以说是职业旅行者。

此次《达洋猫绘画之旅》系列作品得以出版发行,我实在难掩喜悦,而且该系列中的第一本书就是婆罗洲,我非常欣喜。

我与婆罗洲这个美丽的岛屿有着不解之缘。从婆罗洲纵贯之旅回来之后,我立刻开始推动"守卫婆罗洲的绿色!守卫达洋的地球家乡!"这一项目。

然后,我因为绘本杂志《MOE》的取材,首次前往热带雨林。我为杂志封面创作了《森林低语》,我把这幅画相关商品的销售额中的一部分积攒下来,在2011年买下了"达洋1号森林"。

我第二次去热带雨林旅行,目的是去看看那片达洋的森林,也是为完成

《请听森林之声》这一绘本的创作。就在我旅行期间,发生了"东日本大地震"。丛林之中没有电视,也连不上网络,直到我返回亚庇的酒店,才得知受灾有多么严重。我忘不了飞回日本的那一天,从飞机上看到的东京那灯火全无、陷入黑暗的景象。

　　我从 2013 年春开始举办原画巡回展,主题之一就是"婆罗洲的森林"。我将来自于展出现场募捐箱中的募捐所得与拍卖商业画作所得合在一起,购买了"达洋 2 号森林"。两块森林的面积合计 4.74 公顷。一公顷相当于 6060 块榻榻米的面积,所以两块森林的总面积相当于 28724 块榻榻米。

　　虽然对于森林来说这算不上大,但千里之行始于足下。

　　能够参与到婆罗洲保护协同组织的"绿色回廊计划"中,我感到,我人生的两个主题被维系到了一起。现在我的目标是,"达洋 3 号森林"!

　　最后,我要借此机会,向每一位在我购买"达洋森林"时给我支持和帮助的人致以由衷谢意。

　　还有,这次前往亚庇的旅行得到了沙巴州旅游局的大力支持。感谢他们,让我获得了非常快乐的体验。

　　我还要向给予支持的加雅岛度假区、太平洋丝绸(舒特拉)酒店、沙巴博游旅行服务有限公司表示感谢。

　　同时感谢季思科公司和《MOE》杂志社!

### 加雅岛度假区 Gaya Island Resort
地址：Malohom Bay, Tunku Abdul Rahman Marine Park, 88000 Kota Kinabalu, Sabah, East Malaysia
电话：+60 18 939 1100
网址：http://www.gayaislandresort.com

### 太平洋丝绸（舒特拉）酒店 The Pacific Sutera Hotel
地址：1, Sutera Harbour Boulevard, 88100 Kota Kinabalu, Sabah, Malaysia.
电话：+ 60 88 318 888
网址：http://www.suteraharbour.com

### 北婆罗洲铁路 North Borneo Railway
网址：http://www.northborneorailway.com

### 沙巴博游旅行服务有限公司 Borneo Trails Tours & Travel Sdn Bhd
地址：128, 1st Floor, Wisma Sabah, Jalan Tun Fuad Stephen, 88400 Kota Kinabalu, Sabah, Malaysia.
电话：+60 88 235 900 / +60 88 245 900
网址：http://www.borneotrails.com

### 沙巴州旅游局 Sabah Tourism Board
地址：51, Gaya Street, 88000 Kota Kinabalu, Sabah, Malaysia
电话：+60 88 212 121
E-mail：info@sabahtourism.com
网址：http://www.sabahtourism.com

图书在版编目（CIP）数据

达洋猫绘画之旅 . 婆罗洲 /（日）池田晶子著；梁华译 . -- 北京：华夏出版社，2019.10
ISBN 978-7-5080-9797-8

Ⅰ.①达… Ⅱ.①池…②梁… Ⅲ.①游记-作品集-日本-现代 Ⅳ.①I313.65

中国版本图书馆 CIP 数据核字 (2019) 第 128473 号

"达洋猫绘画之旅 . 婆罗洲" by Akiko IKEDA
Copyright © 2014 Akiko IKEDA / Wachifield Licensing, Inc.
All rights reserved.
Original Japanese edition published by Shuppanworks Inc. Kobe Japan.

This Simplified Chinese edition is published by arrangement with
Wachifield Licensing, Inc., Tokyo in care of Tuttle-Mori Agency, Inc., Tokyo

版权所有，翻印必究。
北京市版权局著作权合同登记号：图字 01-2018-0771 号

DAYAN'S SKETCH TRAVEL BOOK
BORNEO

**达洋猫绘画之旅 . 婆罗洲**

| 作　者 | [日]池田晶子 | 印　刷 | 北京华宇信诺印刷有限公司 |
|---|---|---|---|
| 译　者 | 梁　华 | 装　订 | 三河市少明印务有限公司 |
| 策划编辑 | 陈志姣 | 版　次 | 2019 年 10 月北京第 1 版 |
| 责任编辑 | 陈志姣 | | 2019 年 10 月北京第 1 次印刷 |
| 责任印制 | 刘　洋 | 开　本 | 889×1194　1/32 |
| 装帧设计 | 殷丽云 | 印　张 | 4.5 |
| 出版发行 | 华夏出版社 | 字　数 | 113 千字 |
| 经　销 | 新华书店 | 定　价 | 49.80 元 |

华夏出版社　网址 :www.hxph.com.cn　地址：北京市东直门外香河园北里 4 号　邮编：100028
若发现本版图书有印装质量问题，请与我社营销中心联系调换。电话：（010）64663331（转）